있다는 토끼 흰토끼

이순현 시집

문예중앙시선

54

있다는 토끼 흰 토끼

이순현 시집

문예
중앙

한 발을 들여놓고 15년이다.

그럼에도

언어의 막막함과

허술한 자유가 동행해주었다.

한 발을 마저 들여놓는다.

2018년 1월

이순현

차 례

□ 한 연이 첫 번째 행에서 시작될 때는 〉로 표시합니다.

1부

테이블 위에

컵 하나가 있다
얼음 녹은 물이 찰랑이는 컵 하나가 있다
컵 가까이 손 하나가 놓여 있다
유리컵 한쪽에 희끄무레하게 입술 자국이 찍혀 있다
차오르는 물의 수위가 조금씩 높아지는 컵 하나가 있다

잠결에 펜 뚜껑을 열고
머리맡의 메모지에 받아 적는다

지평선 위에
컵 하나가 있다
빙하 녹은 물이 찰랑이는 컵 하나가 있다
컵 가까이 손 하나가 놓여 있다
유리컵 한쪽에 희끄무레하게 입술 자국이 찍혀 있다
차오르는 물의 수위가 높아지는 컵 하나가 있다

폭우가 쏟아지는 밤
그런 컵 하나가 있었다고

〉

더듬더듬 적고 난 뒤 다시 잠든 사이

열린 펜의 꿈도

울컥울컥 베갯잇을 적셨나 보다

거대한 테이블 위로 폭우가 쏟아지던 밤

5g의 원근법

설탕 빛으로 반짝이는 비행기가
공중에 뜬 백색의 대륙을 날아간다

건널목에 대기 중인 외투 주머니에서
모서리가 닳아가는 봉지 하나

White Sugar 5g
백색 정제 설탕 5g

하얗게 모래들이 새어나오는 소리
비행기는 설탕 팩보다 작아지다
더 작아지다
아예 녹아 없어진다

수습할 수 없는
흰 뼛조각들

빌딩 꼭대기의 대형 광고 스크린

생존을 반복하는 코끼리 일가족이
강물 속으로 코를 쑥 밀어 넣는다

폭죽으로 터지는 길 건너 벚꽃들
5g을 넘지 못할 천진난만한 일생들
백색 파편이 공중 살포 된다

신호가 바뀌고
파란 신호등 속에 한 사람이 잠겨 있다

백성들이 적진을 다 빠져나갈 동안
수초에 머리를 묶고서 물속에 잠겨 있던
고대의 한 왕처럼

저쪽

여기로 와서 우는 저쪽

아무도 받지 않는다

칼을 물고 잠든 칼집이거나
맨땅에 부어놓은 물이거나
옴짝달싹할 수 없는 감정의 극지

한 사람이 고통받아도
지축은 휘청거린다

덫에 걸린 부위를 물어뜯어서라도
자유가 되고 마는 짐승들의 서식지

여기로 와서
울고 또 울리는 저쪽

경로를 벗어난 시간이

다른 몸을 찾아 배회한다

누구의 고통도
혼자 독점할 수는 없다

저쪽이 와서 우는 여기

흰 국화꽃이 시들고
횡단보도가 새롭게 그어졌다

천국보다 멀리

상체를 내밀고
한 여자가 창밖을 굽어본다

아래로 기울인 얼굴에
쏟아질 듯 겨우 붙어 있는 이목구비
스스로를 볼 수 없는 눈은

CCTV
메두사

시간의 흐름이
미궁의 내부를 완성한다

＊

아이들이 달린다

아이가 자취를 감출 때까지
변신이 완료될 때까지

〉

뛰어가는 피의 속도로
아이들이 사라져간다
갈수록 주름이 늘어나고 부풀어 오르는 몸집

줄사다리도 안전등도 없는 내부에
깊이를 자꾸 더해간다

돌을 던져도 닿지 않을
아득한 멀리

*

처음으로 피 맛을 본
회음부

그곳에서 받은 그림자는
생을 두고 건너야 할 강

앞을 가로막고 있다

〉

같이 건널 길동무는
몸집 깊이 사라진
어린 나와
더 어린 나와
만난 적 없는 내일의 수많은 나

다 건넌 곳에서는
폐기 처분 될 그들

한꺼번에 쓸어 넣을 구덩이 또한
이 천체의 회음부이고

*

킥보드를 타고 가는 아이와
슬리퍼를 신은 아이가
그림자를 첨벙거리며 뛰어간다

장마철의 과일에는 구름 맛이 난다

자두 앵두 체리……
이름 붙일 저수지가 풍부하다

그녀가 있다고 하면 어디든
고개를 내밀고 그녀가 굽어보고 있다

그녀의 밑바닥에도
아이들은 많다

포르말린으로 밀봉한 듯
부패하지 않은 그들
꺼내는 순간 현재에 허물어진다

굽어보는 눈 속에서
난수표 같은 곡조가 흘러나온다

금방

먼저 가 있어
금방 갈게

블라인드의 눈금 사이로
금방이 오고 있을 바깥을 내다본다

말들의 덤불 속에
그는 있다

얼음이 수면으로 떠오른다
유리잔에 맺힌 물방울들이 줄줄이 추락한다

금방 갈게

ㅁ이 녹아내리는 듯
금방은 금방금방 뒤로 밀려나고

젖은 샌들에 나비 한 쌍

꿈결인 듯 그늘을 향해 날개를 펼칠 때
빗줄기는 줄기차게 금방의 바닥으로 착지한다

각이 진 얼음은 알고 있다
금방은 그와 동행할 수 없다는 것을

불빛은 행인들에게 이식되며
인간으로 부활하다 금방금방 스러지고

금방, 하나만을 품은 눈이
블라인드를 벌리고 내다본다

우주 미아처럼 막막하게

스테이플러를 찾아서

입을 벌리고 가만히 엎드려 있던 그것이
등 뒤를 노리고 있을지도 모를 그것이
나른한 모래밭에서 빛을 쬐던 악어처럼 사라졌습니다

황사주의보가 내리고
누런 지평선
서풍에 휩쓸리며 모랫바닥이 펄럭입니다

주변의 빛을 네모나게 빨아들이며
식탁은 평평하고
사과는 아직도 뒤를 볼 수 없습니다

*

거울 앞에 놓이면
있는 것들은 배로 늘어납니다

소파 밑으로 장롱 밑으로
거울을 밀어 넣습니다

어둠이 더 어둡게 불어날 뿐

그것은 보이지 않습니다

삼면거울 화장대에 무한해지는 내 얼굴

거울이 거울을 던지는 놀이를 중단시킬 수 없습니다

가정용의 얼굴이

업소용으로 바뀔 때까지

그것은 거울을 좋아하지 않습니다

거울을 앞세운다면 더 깊숙이

숨어버릴 겁니다 뻘 속으로 잠복하는

악어의 악력으로

*

대기가 맑고 투명한

한 마을로 들어갔습니다

쓰러진 말 한 마리가 피를 쏟아내며

어린것을 앞발로 간신히 끌어당기고 있었습니다

얼른 마을을 벗겨내었습니다
그 자리에는 그늘 없는 벽지만 환했습니다

악어에게 물렸을지도 모를 상처는
피가 멈추었는지 알 수 없습니다

내 안이면서도
안드로메다보다 먼 마을

입구를 알 수 없는 꿈 바깥에
정갈한 물 한 페이지를 펼쳐놓습니다
흉터 하나 없이 잘 아무는 수면을

*

아, 해보세요

핑거라이트 불을 켜고 샅샅이 살펴봅니다

벌어진 입 안
혀는 보이지 않고
컴컴하고 깊은 구멍이 또렷합니다

상악과 하악, 아름다운 가죽의 성분들이 통과했을
구멍을 고이 간직하고
그것은 가족을 찾아 떠났는지도 모릅니다

눈 위에 찍힌 자국으로
잠을 잔 곳과 넘어진 곳
다시 일어선 행적을 다 알 수 있습니다

벌어진 입을 다물지 못하는 그것이
극지방으로 떠났을 리는 없습니다
지도를 읽으려면
마그마가 숨어 끓는 상처가 필요합니다

〉

*

스테이

스테이플러

기호로 기억으로 내 곁에 무한하게 머물고 있습니다

사라져버린 그것은

33호,

살짝 건드려도 방울방울 철사 침을 흘립니다

습득물

느닷없이 튀어나와 앞을 어지럽힌다
설치 동물처럼 설쳐대는 공
털이 짧아 버둥거리는 노란 공을
테니스 코트 안으로 던져 넣듯
순순히 되돌려줄 수는 없다
난감한 습득물들

수색
장전된 총을 가지고
달아난 병사

군인들이 수색을 한다
일렬 옆으로 발자국 샐 틈 없이 진군한다

쫓기는 총
뒤쫓는 총 총 총 총……

총탄에 끄떡없는 눈구름 병력이 맹렬하게 합류한다

산 첩첩 골 첩첩
생명의 자취들을 순백으로 지워가며

권좌
그가 들어선다 끝이 빤히 보이는 길
바람이 없을 때는 그가 달려서 일으켜야 한다
역풍이 거세질수록 명백해지는 진실
삐딱해져야 안전하다
지구처럼 그 누구든 마땅히 마찬가지

기도
흉곽의 밑변에서 죄를 찾는 사람들
거두어 모은 그것들을
피라미드 안벽에다 새겨 넣는 사람들
메시아를 불러놓고도 알아보지 못하는 사람들
좌우의 지문을 맞붙이고 지옥문을 연다

끝집

나무들은 더 나은 삶을 어떻게 찾아가는가

막다른 가지 끝

기도 말고는 아무것도 하지 않는 침묵들이 모여 산다

매일 오는 태양이 몸을 얹으려다

빈손으로 끌려 나간다 길 끊어진 거기

피아노 교습소

인간 세상으로 새어나오는 소리

저절로 옮아드는 한 발 한 발

발 하나가 들리자

나머지도 마저 들려 올라가고

가장 구석진 핏방울까지 공명하는

천상 천상

인간 성분 제로가 된다

인류

벤치에 묵주 하나,
십자가가 매달려 있는 그것을 누가 걸어놓았을까

눈 내린 공원

발자국들을 꿰며 투명한 시간이 통과하듯
구슬마다 보이지 않게 실이 지나가고 있다

수천 년째
못 박힌 나무들
못 박힐 나무들
언 그림자를 받아안으며 서 있는

발자국 어지러운 빈터에
눈사람 하나
팔다리 없는 그는
누가 벗어둔 묵주일까

인류 이전의 비명이
산 심장들을 관통하고 있다

몸을 대준 채 견디고 있는

사람들

눈으로 빚어놓은 듯
빛을 받는 가슴이 먼저 일그러진다

지우도 없이

지우야 이모야 이모
이모 불러봐 이모

앞자리의 지우 이모가 입을 가리며
전화기를 반대쪽으로 옮긴다

지구 온난화에 빙산이 녹아내린다는
마감 뉴스를 싣고 달리는 버스 안

한 방향으로 앉아 있는 승객들
같은 깊이로 숨이 차지는 않을 거야
스쳐가는 거리에는 언어에서 태어나지 않은 것이 없고

지우야 네 네
잘했어요 참 잘했어요

언어가 불어나면 지구 온난화도 빨라지겠지
지우 이모 옆에 앉은 아이는 양손으로 이어폰을 누르고

북극 바다의 일각고래가 언 수평선을 뚫고
참았던 숨을 뱉어낸다

또 다른 발성기관인 손에게도 숨구멍이 필요하다
뒷자리에 앉아 있는 나는
백지를 꺼내들고 조용히 소리 지른다

　　… 지우야 이모야 이모
　　이모 불러봐 이모……

문자로 옮겨 앉은 지우를 태우고
달려가는 종착지는
모두의 정중앙

의미를 잃은 기호들이 기다리고 있을 거야
거인처럼 백미러 견장을 번쩍거리며

지우 이모가 창에 기댄다
창 저편의 그녀도 문장처럼 조용하다

마리포사

처녀애들 셋
수다에는 방금 빨아들인 당분이 녹아 있을 거야

　　살만 빼면 될 것 같은데
　　그래도 오늘은 당분을 잊어버려

문구점과 이웃해 있는
2층 도넛 가게
벽에 걸린 자판은 숨을 멈추고 섰다

9:56

처녀애들 셋이
달빛 흘러드는 창가에서 단물을 빨아먹을 때
9는 56이고

　　내가 원하는 건 그냥 들어주는 건데
　　우리 엄마는 닦달만 한다

〉

점 하나는 빨강, 점 여섯은 노랑,
주사위의 점들은 날아다닐 수 없다
유리창은 달의 시럽을 빨아먹고
빨대 끝에는 소리들이 모여 산다

이렇게 적고 나자 볼펜이 바닥났다
종이에 녹아 있는 잉크 당분은
두께 0.4밀리로 날아가는 중

마리포사,
우리들은 나비

아래에서 올라온 종업원이 바닥을 쓴다
빗자루가 지나갈 동안 발을 들어올리는

처녀애들 사이로 빨대로 꽂아둔 내 눈길에
9는 변함없이 56

있다는 토끼 흰 토끼

달의 원주민 토끼가 어린이집으로 간다
가방에 매달린 흰 토끼와 눈이 맞는다

　　눈 그친 하늘에 공중 동물원
　　바닥도 울타리도 없는 흰 구름들

아이가 눈을 차며 깡충거리고
할아버지는 토끼를 어깨에 지고 간다

꿈보다 사랑보다 먹이 쫓기에 바쁜 나는
토끼에 바짝 달라붙는다

　　흰 구름 속의 토끼들
　　언뜻 귀만 보이다 보이지 않는다

미끄러진다 아이가 할아버지가
토끼를 놓친다
흰 구름들이 슬그머니 빌딩 너머로 자취를 감춘다

⟩

*

흰 토끼를 생각하면 흰 토끼가 있다
생각을 닮으며 번져가는 토끼들

호흡에 집중한다
오른 귀와 왼 귀 사이
있다와 있지 않다, 가 사라진다

떠도는 우주복에서 발굴되는 해골처럼
낱말의 무더기들
새롭게 짜 맞출 수 있을까
피가 돌게 할 수 있을까

비상 망치로 지구본을 부순다
지구의 텅 빈 내부
털 빠진 흰 토끼 하나 나오지 않는다

기항지

탈출하지 않았다면
어디를 지나가고 있을까

뜨거운 피 흐르는 대지,
살갗 안쪽에는 길 없는 고요로 충만하다

북적거리는 피부과 대기실

　　엄마, 아래에 뭐가 생겨서 지금 피부과에 와 있어요
　　이번 주는 엄마한테 못 갈 것 같아요

헐렁한 반바지 속을 긁고 있는
두툼하고 우람한 남자도
바탕은 붉은 고요이다

엄마를 뚫고 나온 이들은 모두 밀항자들
한때는 고요의 지극한 주민이었던 그들

〉

엄마, 엄마,
거미줄에 나쁜 사람들이 걸리게 했으면 좋겠어요

엄마의 풍만한 치맛자락에 숨었다 나왔다
애국가를 부르는 아이는
태어나지 않았다면 지금
고요의 어느 구역을 지나가고 있을까

사람들로 북적이는 피부과에서도
대지의 안쪽
그곳으로 가는 통로를 찾지 못할 터

누가 유혹을 하였을까
주리고 짓무른 슬픔으로 가득 찬
이 고요의 바깥으로

비행의 힘 말고

무엇인가를 나른다
이곳 난간에 머물며 깃을 다듬는 새들도
몸이 소실되는 대기 너머까지
선회하며 상승하는 무언가를 나른다

대지에 매달려 사는 나에게 보란 듯이
새들이 가볍게 지니고 나르는 그 무엇은

새알 귀퉁이에 봉인된
조그마한 미지,

부화하기도 전에
뼛속을 비우고 넘겨받았을 거야

피뢰침 너머 노을 너머
자정이 매일 부활하는 곳
그곳을 돌아 나온 새들이
베란다 난간에 앉아 숨을 고른다

〉

봉인의 열쇠는

던져버리고 온 걸까

말라붙었던 해피트리가

한 잎 두 잎 해피를 덥수룩하게 펼쳐내고

새들을 뒤쫓아 온 겨울비는

물러날 기색을 보이지 않는다

고막에 좌초된 맥박이

간신히 제 항로를 찾아 리듬을 맞추기 시작한다

우유

하얀 줄기가 곧게 떨어진다

공중에 들린 페트병과
바닥에 놓인 그릇
가파른 간격을 낙오 없이 옮겨간다

우리에서 우리로
저항 없이 이동하던 초식의 습성으로

비바람을 들이받던 뿔과
꽃다지 질경이…… 꽃향기를 딛고 온 발굽까지
저도 모르는 길을 돌아온 내밀한 흐름

원시림의 지류처럼
발원지를 알 수 없고

골고루 고통과 번뇌를 벗어난
하얀 체액은 오럴용이다

〉

*

따뜻하게 데워진 우유

심장의 온기가 아니다

석순처럼 바닥에 딱 붙어 서서

한 걸음도 떼지 못한다

ㅜㅠ,

다리가 하나 모자란다

2부

길 킬러

어떻게,
겨냥할 수 있었니 헐벗은 맨발들을

폭탄을 온몸에 칭칭 감은
너는

　일어서려 일어서 걸으려
　뒤뚱거리다 넘어지다 겨우 얻은
　왼발 오른발

　언제나 옳은 두 발바닥

　점·점·점 이어지는 선 하나를 그리며 쭉
　초고속으로 회전하는 윤전기 지구
　나아가다 가다 다다르는 마침내

　내릴 비 다 내린 구름처럼
　빛도 어둠도 따라올 수 없는

제 눈꺼풀 속으로

흩어지며 녹아내리는 맨살 맨발바닥들을

어떻게,

조준할 수 있었니

길 끝의 냄새에

히말라야를 배회하는 독수리처럼

검은 리본이 가장 먼저 달려들겠지

그리로 가는 걸음걸음

소금호수에서 흘러나오는 선홍빛 걸음들

완력으로 겨누어지겠니

어느 맨발이 그깟 총기로 흩어지기나 하겠니

너 또한 맨발인 믿음,

가엾은 믿음아

광장

촛불이 타오른다
내 손바닥 위에서도

바윗돌 위 야단이든
물 위에 뜬 갑판이든
촛불이 타는 곳은 별안간에 성소가 된다

모여든 사람들 하나하나
각자의 극지로 데려다 놓는
날불꽃 한 잎

피 끓는 대지를 향해
돌파한 상부를 짊어지고 내려온다

한 발 한 발 척추를 적출하며
아래로 길을 열며

거대한 인드라 그물

서로 비추는 동공을 엮어나간다

야생의 창세기로 귀환한다

관계

군용헬기 여러 대가 출동한다

살얼음 덮인 햇볕을 눌러쓰고
남쪽을 향하여 다닥다닥 붙은 지붕들

모이면 생겨나는 모든 사이에
투명함을 들이고픈 사람들

중앙선이 지그재그로 그어진 도시에서
부정 축재한 고위 관리를 타도한다

허둥지둥 긴 외투에 팔을 꿰며
한 여자가 초등학교로 들어선다

앙상한 가지에 올라앉은
까치의 목구멍에서 체인 감는 소리
나지막하게 음산하게 새어 나온다

〉

장구벌레 지렁이 구더기……
일자형 벌레와 부정부패는
머리와 꼬리를 식별하기 어렵다

실험대 위에 어지러운
현미경 핀셋 나이프들

하늘은 정수리 위가 가장 높고
중앙선을 지그재그로 심을 줄 아는 사람들도
미래에 대해서는 문맹이다

그들도 나도 가장 높은 하늘 아래 산다
어떻게든
그림자의 미행을 따돌려야 한다

어느 천사의 고백

빛을 한 점으로 끌어 모으며
투명한 천사가 고백을 해왔다

신들도 배역이 바뀌지 않아요
나도 늘 똑같은 심부름을 반복할 뿐이죠
커피를 누르면 커피를 뽑아내는 자판기처럼요

하지만 사람들이
왼발을 들어 왼발의 하늘에 넣었다 꺼내고
오른발을 오른발의 하늘에서 꺼낼 때마다
발바닥에 새로운 날개가 돋아나는 게 보여요

거리마다 날개 부서지는 소리가
경쾌하고 아름다워요

내 발자국 소리도 들을 수 있을까
돌아다니는 내내 귀 기울여보았어요

›

물길을 따라 지평선을 돌고 돌아도

붉은 피 한 방울 얻기는 불가능한 지평

발목을 낚아채가는 지뢰가

무한정하게 매복하고 있다

날개 돋을 겨를조차 용납 않는 불한당들이

홈, 스위트홈

마음의 재앙도 태우면 불길이 일어나요
파란 불꽃으로 차려진 밥상머리

가장의 독재와 변덕에 맹종하며
떠 넣는 한입 한입은
보호 감호소 같은 절해고도
혀까지 삼키지 않게 안간힘을 써야겠죠

안경집 속의 천 조각처럼
야성을 문질러 닦아내는 살 넝마들이
골반 속에 무한하게 쟁여져 있어요

가정이라는 가정이 실현되는 홈

아찔한 그 크레바스 앞에는
어김없이 스위트가 따라붙어요

홈, 스위트홈

〉

홈 깊이 박혀 있다 풀려난 야생들은
자유롭게 떠나지 못해요

스위트에 오래 절여지면
물기가 빠지고 곰팡이도 슬지 않아요
홈에 꼭 맞춰져서 산 미라로 영생하는 거죠

반감기

알약 일곱
아침마다 복용한다 공복으로

기호가 새겨진 것 다섯, 아무 표시 없이 밋밋한 것 둘,

노랑 하나 파랑 하나 분홍 둘, 밝기가 다른 하양 셋,

안녕이 하루를 꼬박 거는 저 일곱,
한 구멍으로 넘어간다
그 많던 별들처럼

*

셀로판 약봉지의 동서남북
깎아지른 절벽이 조용하다

처마에 붙어 있는 거미집 빈 칸칸이 조용하다
마을 끝까지 들판 끝까지 뜬 구름까지 조용하다
이름도 성분도 모양도 다 다른 알약들도

한데 모여 조용함으로 똘똘 뭉쳐 있다

하나가 들어가면
하나는 꼭 나오는 숨

오르락내리락 부풀었다 가라앉는 가슴
부름에 대한 응답이 명확하고

문틈으로 들어온 햇살이 귀를 대고 엿듣는
조용의 한복판에 텅 빈 길이 있다

오래전에 나를 만들던 뜨거운 피가
그 옛길을 따라 한결같이 돌고 돈다

*
지붕 위의 북두칠성
알약들 사이의 간극

〉

사진 속의 가족처럼 거리가 좁혀지지 않는다
나란히 앉고 서고 언제나 같은 자리이다

인공 장치를 달고
심장 하나 뛰어간다

덜거덕거리다 간간이 풀려버리는 태엽

생손톱이 뭉개지도록 벽을 긁고 두드려도
관세음이 사는 옆집이 없다
인적이 없다

피 섞이지 않는 지금이
일으켜 세우며 부축하며
다음으로 그다음으로 이끌고 간다

지금의 지극함에는 반감기가 한 번도 없었다

이기적인 수박

한 남자가 구둣발로
시소를 누르고 또 누른다
먼 쪽이 들이받는 하늘 아래

앞서가는 여자가
수박을 든 손을 바꿀 때마다 길이 휘청거린다

전단지로 손잡이를 감은 검은 봉지도
양수가 곧 터질 듯 밑이 팽팽하다

달 옆의 흐린 별이 구조 신호를 보내듯
덜 여문 심장이 반짝이고 있을
그녀의 뒤뚱거림을 앞지를 수 없다

*

여객기가 붉은 구름을 가로질러 간다

수박씨처럼 박혀 있을 승객들도 태아도

구름 위로 산책을 나올 수 없다

　아저씨 이거 바꿔주세요
　너무 익어서 먹을 수가 없어요

여자가 내민 검은 봉지

잘못된 태아가 담겨 있는 듯
진물이 벌겋게 새어나온다

*

하루 한 번은 어두워지는 지상에
속이 붉은 종족들

단내 나는 둘레로 식구들을 불러들인다

수박,

모음 둘

자음 셋

자모음의 앞뒤 차례를 대대로 지켜온

피붙이 아닌 피붙이들

수박의 혈통을 충직하게 이어간다

공유지

비어 있는 날이 없다

주차장 모퉁이에서 마주치는
길고양이의 자궁

고압선 처지듯
늘어져 있는 검은 포물선

비워내고 비워내도
비구름 새털구름 노을구름이
빈 터 없이 다시 자리를 잡듯

쉴 새 없이 바쁜 태반들
사람 손 타지 않는 어둠을 골라
길을 낳겠지

기습 폭력이 후려치든
넌더리가 나도록 굶주림이 머물다 가든

흔적을 얼른 떨쳐버리는 길
고양이

가벼워진 등골은
다시 휘어지겠지

하늘 어딘가에 샘이 있듯
길고양이의 길목에도 샘이 숨겨져 있어

느닷없이 길을 막는다
몽글몽글 탐폰 같은 털북숭이들

A구역 5호점

공이 날아온다
소 돼지 사체를 부위별로 매달아놓은 정육점
전자저울의 눈금은
0,

주인이 핏물 말라붙은 목살을 잘라낸다
얇게 썰려 나오는 피 묻은 피륙들
앞뒷면이 모두 칼이 지나간 상처이다

비육우처럼 붙박여 살아가는 거울은
나를 끌어들여 동굴 입구를 막아두고

달려가던 외야수가 열린 허공에 부딪친다
놓친다 아이고, 저 공도 못 잡고

놓친 바늘은 발꿈치로 들어가서
심장을 뚫고 빠져나온다

〉

처음과 끝이 분명한 실 바늘처럼
공이 다시 날아온다

두 장의 가죽과
백팔 번의 바늘땀으로 만들어지는 야구공
카시오페이아 오리온처럼 오래 떠 있지는 못하고

바느질 자국이 없는 주인과 나는
공이 시침질하는 화면을 시청한다

저울의 눈금이 불어난다
2039,
0, 앞뒤에 들러붙은 숫자들
마른 핏빛이다

미답

트럭의 백미러에 비춰보는 얼굴에서
공회전하는 소리가 흘러나온다

섬은 거울 뒤에 있고

금잔화 시들어가는 선착장 지구대 주변
그늘을 따라 이발소 심벌들이 즐비하다

선지를 가득 담은 양동이가 사라지고
피 냄새가 번지는 그늘 속에서
일행 중 말을 걸어오는 사람이 아무도 없다

가로수를 전지하던 남자가
업고 있던 기계를 품에 안고 수유하는 중

주고받는 눈빛 사이에도 심연이 있어
따뜻하고 마른자리에서도 익사할 수 있겠다는 확신
선지보다 붉게 폐부를 찌른다

〉

누구에게나 주어진 두 번의 성공
태어나는 일에 한 번을 써버린 사람들은
남은 기회를 잘 보존해야 한다

경광등 달린 지구대 모퉁이를 돌아
물범이 사는 바위까지
소금기 절은 물거울들을 헤치고

섬으로 간다

언제나 뒤돌아보는 얼굴을 던져주는 거울
일 초 후의 나는
일 초 전의 나를 알아보지 못한다

종이 종일 울었다

바람이 분다. ……성난 돼지의 기세로 들이닥친다 검은 바람, 당신은 제주도라고, 바람이 몹시 다급하다며, 무턱대고 문을 열어젖히며 사람들이 빈 방이 있느냐고 물어온다고, 그들은 재차 바람의 골수에 말려들어 더 깊은 중산간 내륙으로 끌려간다며 당신은, 흑돼지 같은 바람이 돌담장 미로를 쑤시고 다닌다고, 팽나무의 헝겊들이 밤새 알 수 없는 곳으로 불러들인다고, 불에 탄 재가 쌓이고 쌓인 검은 땅, 재를 뚫고 일어난 목숨들은 모두 불사조라고, 말이 급해지는 당신은, 다짜고짜 문을 열어젖히는 또 다른 무리들과 맞닥뜨렸다며, 바람의 시체들이 동백 아래에 무더기로 내던져져 있다며, 수시로 출몰하는 바람을 제대로 들여다본 적이 없었다며 당신은, 내력을 알 수 없는 바람의 추궁에 매일 시달리지만, 그 한가운데로 딸려 들어가보니 의외로 텅 빈 고요뿐이더라며, 그것을 한 줄 한 줄 몰래 베껴두었다며 사월의 밤과 바람의 소식을 실어 보내는 당신은, 덮어놓고 빈방을 물어오는 사람처럼 나의 있음을 묻는다. 바람에 아랑곳없이 달거울에 이곳이 늘 비춰 보인다고, 북극점을 향해 걷고 걸어 최북단에 이르러도 나의 까마득한 남쪽이라며, 면회를 오려면 모슬포라고 찍혀 있는 수십 년 전의 승선표를 끊어야 한다고, 누렇게 바랜 사진 속에서나 살아 있는 당신은, 회오리에 휘말려 든 듯 목소리가 흐려지다 끊어지고…… 바람이 분다. 문틈을 비집고 들어오자마자 허물어지는, 바람 몇 페이지로 당신을 헤아려본다. 여느 때보다 참혹했을 그 당시의 그 사월을

말문을 뚫고

폐그물에 걸린 물고기가
견디다 못해 눈을 뜬 채 익사한다

말문이 막힌 연못

두터운 구름이 물 밑으로
태양을 끌어들이고 있다

선도 악도 들어갈 수 없는 수중으로
바람이 흩어지며 배어들 때
먹구름을 박차고 꽃대가 솟구친다

노란 꽃잎 다섯
입술이 보이지 않는다

*

마음의 보폭이 다른 아이들이
최신 버전을 함께 들여다본다는 건

현실을 멀리 떠나 있다는 뜻

물 메아리를 심던 실잠자리가
어깨 위에 올라앉아 함께 들여다보는

초스피드 화면

아이들이 다투어 돌멩이를 던진다

일그러지는 허공
잔해들이 물가로 떠밀려 나온다

난데없는 물고문에
수면에 빠진 수련도 깜박깜박 정신을 놓는다

기호 없는 지도

휘어져 흐르는 강의 지류가
수은 빛으로 반짝인다

겨드랑이에 허벅지에 번져가던 멍 자국
수국처럼 여러 색을 거쳐서 사라지겠지

물고기도 산란기에 맛이 가장 좋다

배수구 안쪽으로
줄지어 파고드는 새끼 고양이들

이미 태어난 것들은
얻기만 할 뿐
아무 잃을 것이 없듯

깊어지는 무기력은 착하다로 통하고
수국이 거쳐가는 당분간은
채색된 평화를 얻게 되겠지

〉

단단한 골수 속에 바람을 꿍쳐 넣는
새들은 은행알들은
바깥을 핏줄 안으로 끌어들일 줄 안다

잃을 게 아무것도 없는 순간들이
물 마른 분수의 동전처럼 나뒹굴고

매 순간 불어오는 희망 가득한 미래는
희망을 꺼내지 못한 채 뒤로 더 뒤로 밀려난다

어디다 세울 수 있을까
피의 변주로 등고선이 채워지는
은폐되어 화창하고 오래될 나라

탐독

빛으로 앞이 막혀 있던 그녀

흔들의자의 등받이가 뒤를 가로막고 있었습니다
굽어지는 등의 중심을 창 쪽으로 밀어붙이고
안락하게 가두고 있었습니다

안녕하세요 부르는 소리에
빛을 비낀 얼굴로 캄캄하게 돌아보았습니다

푸석한 모발은 빛들이 기생하고 있었습니다
음모처럼 컴컴한 구덩이를 둘러싸고 있었습니다

눈코입이 사라진 얼굴
목수건이 누렇게 흘러내렸습니다

오래 동거한 창유리에 갉아먹힌
감정이 돋아나지 않았습니다

〉

들어오세요 이리로 이쪽으로
목울대를 하나하나 짚으며 올라오는 목소리를
입구까지 펼쳐주었습니다
내딛는 순간 발밑이 물컹하였습니다

그녀를 겨냥하던 빛이 순식간에 내게로 달라붙고
내 얼굴이 컴컴하게 파여갔습니다

파인 구덩이 속으로
고개를 쑥 밀어 넣고
그녀가 무언가를 찾고 있었습니다

가까스로 맺어놓은 사과를
입 없는 입으로 부숴 먹고 있었습니다
내 그림자의 극점에 도달할 때까지
막무가내 파고들고 있었습니다

침입자

새가 소리친다 뜬눈으로 건너온
신새벽

밤을 통과한다는 건
몸을 차지하고 있는 뱀을 뱉어내는 일

비명을 지르는 저 새도
몸의 일은 누구에게도 양도할 수 없고

시간을 보려면 빛이 필요하다
창 밑의 금낭화도 검은 덩어리로 건너왔을
밤의 끝에서

무엇을 보았을까
작은 부리를 벌리고 심장이 털렸을 저 새는

3부

이 하루의 계보

미리 보낸 짐은 도착하지 않았다

구름의 공동묘지였을까
신축 빌딩 사이로 구름의 골편들이
무더기로 발굴된다

출입구마다 이중 자물쇠를 채워둔 재개발 단지
어느 모퉁이든 희고 검은 구름이 넘보고 있다

입가의 검은 점을 쩔렁거리며
관리인이 문을 따준 실내에는
의자가 하나 안장을 비워두었다

유니콘은
미리 보낸 짐 가방에 퍼즐로 보관되어 있다

컨테이너 박스들이 실려 오고 실려 오고
파헤쳐진 공중에서는 물이 새는 소리

〉

짐이 당도하기 전에

물이 새지 않는 시간을 벽에 걸 수 있을까

조각조각 끼워 맞춘 말을 타고

물 위로 무사히 길을 낼 수 있을까

바통을 넘겨받는

하루하루

이 하루의 계보는

나를 끝으로 종료된다

속표지를 열면

어김없이 도착한다
다섯 시,

청소기 코드를 꽂는데
우는 소리가 들려온다
허허벌판에 주저앉은 듯
숨 막히도록 울부짖는 소리

해가 막 다음 생을 시작하려는
먼 데서 들려온다

귀를 기울이면 사라져버리는
누군가 그 누군가가
산산조각 나는 소리

고름투성이 피투성이
가을 무 닦듯 말끔하게 씻어줄 수도 없고
끊어진 울음을 이어받듯

손끝에서 줄줄줄 검은 줄이 풀려나온다

*

사자가 막 잡은 먹잇감을 넘보며 하이에나들이 몰려든
다 누런 털 사이에 끼인 햇살에 굶주린 가죽과 뼈의 구릉
이 적나라하다 적의를 내뿜으며 울부짖으며 동심원을 팽
팽하게 조여간다 건기 막바지의 초원 저 멀리 땅끝이 황금
빛으로 부푸는 세렝게티, 다섯 시를 벗어나려는 찰나 탄
탄하던 동심원이 산산조각 난다 사냥감을 팽개치며 사자
가 달아나고 하이에나가 떼를 지어 뷰파인더를 차지한다
정곡이 이동하자 다음 시간에 계속, 자막 뒤로 다음 프로
그램의 얇은 영상들이 세렝게티를 단번에 먹어치운다

*

오랜 단식으로 말끔하게 비워낸 속에
가솔린을 배부르도록 들이마시는 사람들
입은 옷에도 흥건하게 들이붓는 사람들

〉

불을 댕긴다

목탁인 듯 이미
생의 안팎이 텅 빈 사람들

광장에서 분신하는 티베트 사람들

환장할 화염 화엄
남김없이 자기를 쏟아붓는다

이 예토의 허허벌판
불을 보듯 너무 빤하고

*

물방울 하나 떨어진다

정각
다섯 시,

〉

밑에 괸 메아리가
정곡을 들이민다

수면을 튕겨 올라
동굴을 때리는 동심원

다섯 시,
정각의 틈을 벌리며
다섯 시가 떠나간다

다섯 시가 빠져나간
다음은
올 수도 아니 올 수도 있다

다른 메아리
다른 기적

역광

그때 너와 나는 같이 느끼고 있었을까
모든 것에 깃들어 있다는 거룩한 그것,
깍지 낀 손끝에서 서로의 안쪽을 알아챘던 걸까

벼와 벼 사이의 고요에게도 물이 흘러들듯이
누가 먼저랄 것도 없이 서로 손깍지를 끼었을 때,

벌판 먼 끝에서 덮쳐오던 빛,
그 황금빛에 도금된 입상으로 서서
산 육신을 봉인한 등신불로 서서

광채로 두텁게 덮여 있는 너에게
주물로 굳어 버릴까 봐
빛을 따라 흩어져 버릴까 봐
빵 하나 더 먹을래 중얼거릴 뿐
꼼짝하지 못하고 가만히 서 있던 그때,

볼륨을 제로로 놓아도 들리는 소리

몸에 부딪친 빛이 부서지는 소리
환한 아우성이
레일을 적시며 뻗어나가던

나보다 너를 바라보느라
나의 행색도 주책도 알아채지 못하였던
눈이 멀 것 같던 그날 그때,

다 타버리지 않고 이렇게
진흙 뼈대로 남아 있는 일이
너와 내가 원하던 것이었을까

이름이 그럴싸해서 내린 조그마한 역에서
직구로 육박해오는 빛에 갇혀 오도 가도 못하던
그날 그때

슈퍼문

물을 갈아가며 비가 자주 내렸다
예정일을 넘기면 자이언트 베이비가 된다

슈퍼문이 자라고 있을
까마득한 거기

아이스크림 성화를 들고 아이들이 뛰어가는
할매보쌈집의 흐린 창 밑에
배를 매어두고 들어가면 찾을 수 있을까

저녁에 피어나는 분꽃의 분홍을 타고
좁고 긴 꽃술을 파고들면 별천지인 듯
어리둥절할 거기에 다다를 수 있을까

바다거북 즐겨 노는 잘피숲 너머일까
돼지 당나귀와도 거리낌 없이 뒤섞이는 오지일까

흐린 창 밑에는 물웅덩이가 여럿이다

믿음을 시험하러

성상을 짓밟고 지나가게 하듯

물속의 자신을 뭉개고 가는 바닥

슈퍼문은 아직 떠오르지 않는다

어둡고 질척이는 기억을 간직한 채

분꽃들이 오그라들고

살아 있는 사람들을 죄다 걸러내며

엄청난 물이 한쪽으로 빠르게 이동하고 있다

흰 소

돌멩이가 냉장고 뒤로 넘어갔습니다

절 깊은 계곡
물소리 속에 친구와 나란히 들어앉아
벽곡과 천화를 이야기하며
심중에서 심중으로 징검다리를 놓을 때

무심코 주머니에 집어넣은
돌멩이 하나

물에서 막 건져냈을 때는 시꺼멓던 그것이
절집 처마 밑을 걸어가는 소의 걸음으로
주머니 속의 적막을 걷고 걸어
허옇게 더 허옇게
반은 검고 반은 희게 변해가다

냉장고 위에 올려놓을 무렵에는
온통 하얬던 그것이

›

비트와 무를 꺼내는 사이
바퀴벌레 곰팡이가 진을 치는
뜨겁고 어두운 틈바구니로
감쪽같이 사라졌습니다

방울 소리도 없이 고삐도 없이
쓸개까지 하얘졌을 소 한 마리가

수난곡

굳게 닫힌 시간의 틈바구니를
기어코 비집고 나오려는 의심 의심들

피맺힌 부르짖음을 짜낸다

두 귀를 감싸고
소리 지르는 입

항로가 으스러질 때까지
마주 다가가는 거대한 절벽

솟구치는 해일은
혜성의 꼬리보다 길고 날카롭다

*

불을 붙이려다
내리 꺼뜨린 손이 다시 불을 켠다

〉

대성당 입구

가까스로 도착한 불꽃 하나
둥글게 감싸는 손 안에서
순식간에 내부로 번져간다

동공까지 화염이 일렁이는
소각로
살 타는 냄새가 바깥에서도 매캐하다

메아리들의 행진

기습적으로 거두어가겠지

볼펜심 끝까지 잉크가 당도해 있듯
언제 어디서든 흘러나오는 죽음

벚꽃이 유난히 하늘거리는 백주
우르르 몰려가는 우리들은
천국을 밀반출하는 메아리들

수다를 겹치며 뭉치며 함께 가는 동안에도
터널 끝에서는 기척도 없이 불러들이겠지

전신주에 묶인 강아지도
의자에 올라 시곗바늘을 돌리는 남자도
부르면 젖은 눈으로 뒤돌아보는

삶에게 명중당한 자들
저도 모르게 끌려온 자들

〉

허무맹랑이 지반을 떠받치고 있어
혼자일 때도 여럿일 때도
벚꽃잎처럼 흔들리는 우리들

우르르 몰려간다
야근하다 소환당한 관리과장님
칠백 미터 너머 빈소를 향해

끝내 다 둘러보지 못할 몸
위태로운 목둘레에다
검은 매듭을 반듯하게 고쳐 묶고서

1023

어느 순간이든
땅끝으로 가는 빛의 걸음이 있다

걸음걸음 검게 그어지는 국경에도
종말이 도사리고 있다
빛이 다 자랄 때쯤
날이 다시 얼어붙는다

야생화 화분 마른 줄기 너머
앞 동의 서편 벽면에 1023,
하루 중 가장 환하게 빛난다

소멸할 때 더 밝아지는
별들의 속성

말초로 흩어졌던 피가 가슴으로 흘러들 듯
벽면의 기호 1023을 따라
사람들이 저물 무렵을 찾아 모여든다

〉

누르는 만큼 울컥 밀려 나오는 치약처럼
자기의 힘을 다시 받아 쓰는 사람들

내일이라는 말을 만들어두었다
녹이 슨 유물처럼
뚜껑을 열 수도 사용할 수도 없는

1023, 벽면 꼭대기에
까마귀들이 일렬로 내려앉는다
날마다 여기로 와서 숨을 거두는 하늘도
눈을 감을 때는 새들을 불러들여 유언으로 삼는다

끝내 그늘 한 뼘 꺼내지 못하는
1023,
갈 곳이 없지만
온 곳도 없다

곰 비디오

북극곰이 지나가고 있다

눈부신 가죽
비옥하던 기름기는 빙하와 함께 쓸려 나가고
눈 없는 북극의 진흙탕을 홀로 건너가고 있다

패랭이꽃이 끝나고 소금 호수로 넘어가듯
곰이 끝나면 흰 자작나무가 되거나
민들레 솜털 바람이 되어 혼비백산 흩어지거나

　새끼도 가족도 없나 봐
　저 너른 데에 한 마리밖에 안 보이네

왔으면 무엇이든
종말에 다다르기 마련

이제는 피혁으로 남을 때라고
삐쩍 마른 가죽 장정을 펼치면

잠언과 시편이 가득할 거라고

최첨단 화면 왼쪽으로 더 왼쪽으로
밥숟가락 멈춘 눈앞으로 빠져나간다

못도 망치도 분노도 없는 언덕으로
때 절은 가죽을 짊어지고 느릿느릿

곰 바이블 한 권

지퍼를 막 잠글 듯
다문 이빨 사이로 남은 목소리를 비워내고 있다

메테오라

서두르는 하이힐 소리에 떠밀리며
칭얼칭얼 유모차가 지나가고
이제는 내가 나갈 차례

바깥에서 문을 두드린다

고공에 떠 있는 집
낙엽송 삼나무 맥문동보다 까마득하게
피뢰침과 나란히 나 있는 통로

문을 막 열려는 참에
부스럭부스럭 깃을 치는 소리

눈치챈 걸까
최신 인체 해부 도판을 간수하고 있는 걸
해부 도판의 실물로 내가 함께 있다는 걸

하늘의 아버지들은 피뢰침으로 빠져나가고

입주민들은 강철 바구니를 타고 오르내리는

아무도 찾아올 리 없는

시간의 뒤편을 파낸 주거지

알아볼 수 있을까

막 당도한 사다리의 뒤꿈치를

투명한 그것을

이곳에 사는 새들도 종종

부딪치며 추락하는 벽공

사람의 길로 오지 않았을 그 무엇이

문을 두드린다

물러설 데가 없다

더는

크리스마스

폐경을 넘긴 천사 셋이
영양센터 구석진 자리에 모여 있습니다
좌판에서 구한 인조 털신을
뚱뚱한 가방에 구겨 넣고서

상부와 교신이 끊긴
그들 앞에

숯불에 그슬린 닭 한 마리씩 누워 있습니다
메뉴 고르기에도 서툰 그들이
푸른 허공이 되려다 만 날개를 뜯어 먹고 있습니다

평범한 악이
아기를 낳기도 만들기도 하는 밤

자기를 버리고 싶은 사람들과
버릴 곳을 찾아 헤매는 인파들로
밤거리는 북적거리고

〉

　　사람의 얼굴을 자세히 뜯어봐 봐

　　얼마나 괴상하고 흉측한지 몰라

　　아무 생각 없이 들여다보고 있으면 더 그래

뼈에 묻은 지문까지 말끔하게 발라 먹은 그들이

안테나를 활짝 편 채 대기하고 있습니다

도래할 메시지는 기미조차 보이지 않는

영양센터 구석 자리에 앉아

어깻죽지가 불룩한 외투 깃을 자꾸만 다듬고 있습니다

믿음

자기에게서 이륙하려는 것들은
그만의 지도를 내장하고 있을 거야

붐비는 쇼핑센터 모퉁이에
멈추어 선 한 사람이 하늘을 올려다본다

노을 지는 쪽으로 날아가는 철새들
사막이 중간 기착지일지도 몰라

그의 쇼핑백 속에
사막여우와 우물이 숨겨져 있을 리 만무하고
별들의 잔해와 함께 잠이 들 철새들이
노을 속으로 검붉게 녹아든다

어디서나 이륙을 꿈꾸는 사람들은
사막을 사랑하기 때문이야

모래알들이 산을 떠메고 방황하는 사막

물을 인 모래들이 우물 바닥에 모여 살듯

철새들의 저문 길을 올려다보는 사람은

다른 종교를 섬기고 있을 거야

이 세계가 빠져나가는

모래알과 모래알 사이

측량할 수 없는 틈을 숭배하고 있을 거야

날아오르려다 오르려다

발목에 매달린 그림자 위에 매번 주저앉았을

그 사람도 그럴 거야 분명

새벽의 근황

폭주족들이 치고 달아나는 가로등 주위에는
색이 살아 있다

웅크린 누군가가 누워 있다

그를 품 안에 들어 올리고서
말없이 굽어살피는 가로등

빛은 콘크리트 아래에서
지하 깊은 곳에서 솟구치는 것

새들은 아직 깨어나지 않았다
히말라야 눈표범이 야행성을 꺼뜨리고
바위틈으로 돌아가려는 때

맥도날드 매장
테이블에 엎드려 자던 빨간 의자들
충혈된 눈을 비비며 일어서자

가로등이 꺼진다

피에타 한 폭이 사라진다

에필로그

유모차를 밀고 가던 부부도
이어폰을 끼고 뛰어가던 남자도
멈칫하는 고딕체의 명령,

　　들어가지 마시오

검은 문장을 펼쳐든 푯말 하나
풀밭의 전면에 부동자세로 서 있다

　　나와 얼른
　　들어가지 말라잖아

사람들이 들어가지 않는 풀밭은
들어가지 마시오를 모르는 것들의 낙원

잔디 자운영… 방동사니 박하…
좌르르 누웠다 우로 뒹굴었다
노랑 분홍 연분홍…… 눈부신 천연

〉

지렁이 그물이 맹렬하게 지반을 떠받치는

이 지구의 지도에는

달 구름 바람…… 이 등장하지 않는다

저마다의 춤을 간직하고 있어

사람의 말에 걸리지 않는 나비처럼

풀잎들처럼

4부

주말 연가

소파가 하나
밖으로 나온 나를 기다린다
속을 다 긁어내 쭈글쭈글한 가죽 소파가
월화수목

금요일에도
구겨지고 뒤엉킨 옷을 등받이에 걸친 채
목덜미에 바짓단에 스민 물 얼룩을 말리며
딱딱해진 가죽 소파가 하나

바깥을 떠돌다 돌아온 나를
온몸으로 기대는 주말의 나를
깊숙이 들여 앉힌다

구부리며 굴리며 빈틈없이 감식을 하며
월화수목금요일 차갑던 살가죽에
더운 혈기를 흘려 넣는 소파가

〉

강철 스프링도 꿰맨 자국도 없이

안락에 취약한

나를 사육하고 있다

이것은 달 이야기가 아니다

이번에도 다녀갔나 보다
문 앞에 떡과 과일이 놓여 있다

내 안의 마디를 헤아리며
자벌레의 보행으로 펼치고 오므릴 때

어떤 이는 기어간 바닥을 읽고 가고
어떤 이는 날개와 허공을 미리 읽고 가지만

나는
보이는 빛과
보이지 않는 빛으로 쉴 새 없이 생겨나는 층계

　블랙
　화이트
　옐로우

한 발을 올라가면

하나 먼저 돋아나
성큼 물러나는 공중 지평선

경례를 붙이지도 않는 구름이
캄캄하게 들이대는 불심 검문을 가로질러
왔다 갔나 보다

　　디아스포라
　　디스토피아

오늘은
옐로우로 촘촘해질 뿐

펼치며 오므리며
수억 년을 나아가도
다 밝힐 수 없는 나의 반경

대목을 막 넘긴 시장통을 지나고

낡은 벽돌색 종소리를 지나서

이번에도 기척 없이 다녀갔나 보다
가파름이 넉넉한 이 외진 데까지

메가시티

퍼런 심장을 지붕에 매달고 내달린다
도마 침대 하나뿐인 집

깜빡깜빡 사이렌을 울리며 빠져나간다
강이 건너다보이는 부엌 쪽창으로

춥다라는 말
솔기까지 다 안다며
의심조차 않던 즈음

식칼을 든 채 무심히 내다보던
모진 북쪽

어슷썰기 채썰기…… 다지기로
도마 하나뿐인 집이
여태껏 점멸하며 빠져나가고 있다

목요일의 보증인

떠올리면 언제든 어디서든
내 안으로부터 그가 출현합니다
새 장기처럼 피를 끌어들입니다

계단참 위에 그가 앉아 있는 날은
어김없는 목요일
반바지 밖으로 두 다리가 뭉툭했습니다

그에게로 빨려 들어가는 피는
부동액으로 얼지도 마르지도 않고

양면의 메시지가 다른 동전이 떨어지는
콘크리트 바닥
새겨진 새 발자국들이
하늘로 쭈욱 이어집니다

올 때와 갈 때의 중량이 다른 천사처럼
기대어 앉은 공중 난간 뒤로

별들의 숲이 울창하였습니다

그가 보이지 않는 여섯 날도
계단참을 지나갈 때는
모두 목요일입니다

그것을 보증하듯
침을 묻혀가며 둥지를 짓는 문장들
울창한 행간을 열고
잉크 빛을 입은 그가 걸어 나오고 있습니다

모래여자

우선
자기로부터 자기를 보호하는 법을 익혀야 한다
물고기에서 사람으로 건너왔다면

…… 비늘… 지느러미… 아가미……
어족의 표식이 사라진 그녀가 오고 있다
안으로 뚫린 구멍으로
모래를 쏟아내며

아무도 뒤집어주지 않는다
모래시계,

바람과 파도와 뒤섞이며
모래는 그녀의 지층을 쌓아간다
불가사리 성게 조개껍데기들을
이정표로 밝혀두고 있는 험준한 바다절벽

물고기와 사람이

스스럼없이 내왕하는 멀고도 푸르른 시대를 넘어

자기로부터 자기에게 고통을 주고받는 종족
측은한 불가사의를 향하여
그녀가 오고 있다

…… 아가미… 부레… 지느러미…가 사라진 구멍을
바다풀로 비닐 조각으로 끌어다 덮으며

밑밥

같은 페이지를 며칠째 펼쳐놓고 있는 듯
오늘도 비가 그치지 않는다

빗소리 장막에 가려진
나지막한 목소리 하나

어디서 오는 걸까
천둥소리도 물결 소리도 아닌 그것

비의 첫 줄부터
마지막 행간까지
뒤엉키지 않는다

추적해 들어가면
살을 다 뜯어 먹힌 꼭지들이
아무렇게나 나뒹굴고 있을 텐데

악마도 섣불리 거래를 않는다는

이면에서 다가오는 목소리

밑밥이 될 수 있을까

페이지의 날개를 눌러두고
빗줄기 현 사이로 머리를 통째 밀어 넣는다

엘리엘리

자정을 아주 넘어선 엘리베이터
수직으로 오르내리는 건
천사들의 방식

공기 기둥을 타고 올라간 끝
서쪽 도약대에서 다이빙을 하면
별로 태어날 수 있는 통로

사막을 가로질러 가는 코끼리 세 마리
어른 둘과 어린 코끼리 한 마리를
마음속에 데리고 가는 나를
열두 사람 기준의 용량이 버텨낼 수 있을까

스테인리스 스틸 벽감은
난민인 천사들의 임시 숙소

벌컥 천사들의 한뎃잠을 깨우는 듯
버튼을 누르는 데 주저할 필요는 없겠지

〉

반음을 놓친 걸음으로 들어가는 엘리베이터
들어갔다 내릴 곳은
별도 천사도 될 수 없는 콘크리트 허공중

  기대지 마시오!
  추락 위험!

아침에 갇혀 있던 나방 두 마리
스틸 꽃 위에 앉아 있을까

벽에서 배어 나온 검은 손이
이미 버튼을 누르고 있는
엘리엘리 엘리베이터

각주처럼

살아 있다
도도한 도인

산허리 굽이굽이 임도를 내듯
까칠한 껍질을 깎아내는 복숭아 한가운데

그가 묻혀 산다는 걸
누구나 안다
알지만 거기까지 들어간 이는 아무도 없고

바닥에 눕는 날 하루 없이 꼿꼿하게
홀로 은둔하고 있는 그는 지독하다

밤낮 불꽃과 사투를 벌이는 도공처럼
수행의 결실은 잘 구운 백자 빛으로 탐스럽고

덧창 하나 없는 그곳에서 끌려나오면
그저 독을 품은 씨앗이 되고 마는 그는

복숭아 맛을 볼 수 없다

――――, 가로로 그은 선 밑에
본문과 섞일 수 없는 각주처럼

자기에게로 돌아가는 길에
늘 실패하는 그가
조용히 다스리고 있는
1인용 허공

해자에 고여 있던 단물이
과도를 타고 말갛게 흘러내린다

미궁의 입구

철조망 너머에서 날아온 풍선
비탈길을 깨우며 굴러간다

　해도 아니고
　고양이도 아니고
　어린아이 하나
　흐름을 뒤따라 튀어나왔다

거미줄이 어지러운 무궁화 그늘을 지나
고엽제전우회 컨테이너의 깃발을 지나
아래로 계속 굴러간다

　기수도 아니고
　병사도 아니고
　여자아이 하나가
　하얗게 팔랑팔랑

시시티브이의 부릅뜬 눈을 지나

우산대풀과 바랭이와 띠풀을 지나
낯선 입구에서 터지는 흰빛 속으로

　어른도 아니고
　남자도 아닌
　어린 여자아이 하나가
　눈부시게 부서지며 입자로 날리며

화이트노이즈

아름드리 굴참나무 아치들이
기슭을 감추고 있는 호수 가운데

멈춰 서 있던 자동차

느릿느릿 벌어지는 얼음 구멍으로
거품 한 방울 없이 가라앉는다

　여기요 여기

다급하게 두드리는 소리

자정이 지난 이불 속에서는
던져줄 로프도
굴참나무 군락지까지 달려갈 길도 없다

그 외지고 푸른 장소를
늘 품고 다녔던 걸까

〉

물고기와 물풀들이 휘감고 있을
자동차에서는 그때처럼 절박하게

　　여기요 여기 누구 없어요

대낮에도 종종 들려오는 소리
물을 뺄 수문은 더욱 찾을 수 없다

꿈 바깥의 굴참나무들은
무성한 열매들로 초록 별자리를 만들고

언제부턴가
손발톱과 머리카락이 몰라보게 쑥쑥 자란다

달의 연못

들어온 길로는 나갈 수 없다

얼었다 녹았다 질긴 섬유질만 남은 달은
텅 빔 속으로
다시 투신하고 말겠지

물 밑으로 내려앉은 나뭇잎처럼
젖은 창공에 가라앉아
손가락이 닿지 않는 달은

읽기 전용의 고도를 끌어내리며
소리 없이 나뭇가지를 옮겨 앉는다
모래무지와 도룡뇽을 뒤에 숨기고서

*
열린 창으로 누군가
얼굴을 뿌옇게 뱉어낸다

〉

연못을 뛰쳐나온 개구리처럼
낙엽들이 길 위로 엉금엉금
물줄기에서 먼 곳으로 몰려간다

나는 어떻게
나에게 도착하는가

셀프카메라 셔터를 누른다

취임을 앞둔 아프리카의 한 추장이
여러 날을 여자의 치마 속에 잠겨 있듯이
카메라 안에도 연못이 있다

쏟아지는 연못을 뒤집어쓰느라
열린 창 아래 엎드린
검은 개를 알아보지 못하겠지

연못을 가까스로 벗어난 나도

물길을 벗어난 개구리처럼
밟히며 깔리며 뼛골이 으스러지고

*

　막 사는 것에 흥미가 생겼어
　볼리비아로 같이 갈 거야*

침낭에 쌍안경에 손도끼까지 챙겨 넣는다
나머지 고요와 추위와 두려움은
이미 거기에 넉넉하다

고치가 밀봉을 막 끝낸 듯이
모습을 지운 달이 그믐에 든 듯이
내가 나에게 도착했을 때
그 사실을 아무한테도 알리지 못하겠지

막 사는 일은
손가락을 거둔 다음에나 가능한 것

* 영화 〈내일을 향해 쏴라〉 중에서.

성간 영역

한 여자가 앉아 있다
걸터앉은 난간 바깥은 황무지

돌이 흩어져 있다
누군가의 이마를 찢고 튕겨 나온 돌
귀퉁이에 피가 묻어 있는 돌들은
내일이나 어제로 굴러가지 않는다

이마를 덮으며 흩날리는 머리털이
가시 낙타풀처럼 접근해오는 하늘을 마구 찌른다

*

지평선을 자르고 서 있는
자귀,

밤이면 몸을 맞붙이며 포개며
자기에게로 돌아간다

〉

심중의 내폭 장치,

날아다니는 돌 사이를 관통해서
아침으로 빠져나온다 만발한다

연분홍 가시털 꽃,

검은 나비를 불러 모은다

*
안데스 오지의 개인 구리 광산

폭약 점화,
1분 바깥으로 내달린다

별들의 사이보다
깜깜하고 울퉁불퉁한 갱도
바위틈에 발이 끼이면

별똥별 파편들이 온몸에 박힌다

*

뱃노래가 들려온다

암석 물질들이 흘러 다니는
별과 별 사이

선창가에 걸터앉아 부르는 노래
돌 맞은 흉터에서 흘러내리는 뜨겁고 축축한 노래

출렁출렁
한 사람을 혁명하기에 딱 맞는 노래

나도 모르는

비밀을 불어넣고 밀봉해두기에는
구멍이 너무 많은 걸까

화분처럼 아래를 열어두었을 뿐 아니라
몸의 구멍을 모두 열고
탈수기처럼 순간순간을 원심 분리 해내는 나는

일어나자마자 화면을 켜고
바로 전의 일을 문자로 실어 보낸다

　밤에는 그가 내 발을 씻어주고
　발톱까지 다듬어주더라

출입구가 하나뿐인 콜라는
딸 때마다 한결같은 신뢰를 보여준다
표지 검은 경전처럼
내용물을 살피지 않고도 바로 마신다

〉

꿈이나 희망이 깨질 때도
소리를 지르지 않는 요즘은
구토 나는 말과 순간 들이 줄어들었다

　어떻게 했더라
　지난밤 꿈의 그 발톱

따개는 늘 뜻하지 않는 데서 터지고
김빠진 내용물은 한 번도 없었다

신인新人, 신인神人

서로를 뚫고 나갈듯이
부둥켜안고 있는 두 사람
어깨 위에 얼굴이 올려져 있다

서로의 바닥을 뒤집어쓰고 나온
캄캄한 가면들

내다보는 등 뒤는
신이 밖에서 문을 잠가버린 장소
고유 명사가 시작된 장소

느닷없는 선율에 사로잡혀
온 길도 갈 길도 놓아버리고
낯선 어디로든 굴러갈 수 있다

등 뒤를 고스란히 내어준 채
가까울수록 농밀해지는 어둠
서로의 사이에 끼우고 있다

〉

그들 사이를 탈출할

가면을 위하여

새로운 언어를 위하여

서로의 어깨 위에서 격렬하게

온 얼굴을 잃어간다

네 개의 팔과 네 개의 다리가 자라난다

해 설

성聖과 속俗의 아우라

조재룡 / 문학평론가

1. '장소 상실'의 장소성

> 네게는 들판과 숲과 바위와 정원이 언제나
> 공간에 지나지 않았다.
> 그러나 그대가 그곳들을 장소로 만든다.
> ─괴테,「사계」중

'공간(空間)'은 '아무것도 없는 텅 빈 곳'을 의미한다. 그러나 '텅 빈 곳'은 사실, 우리 주변 어디에도 없다. 공간은 사물들로 가득하며, 이 온갖 사물들로 인해 생성되거나 변화를 겪기 때문이다. 공간은, 지도나 설계도처럼, 거리나 면(面)으로 계산되어 나타나기도 한다. 사물과 인간의 자취를 지워버린 물리적 공간이나 차원을 중심으로 재편한 기하학적 공간, 조금 더 이를 추상화하여 수식과 좌표로만 오롯이 정의를 시도한 수학적 공간도 존재한다. 공간은 또한 인간과 사물들이 함께 맺는 관계 속에서 생성되거나 변화를 겪으며, 삶의 다양한 영역들과 이 세계를 인식하는 방식 자체에 의해서 정의되기도 한다. 따라서 심리적이고 지각적인 경험이 계기가 되거나, 특수한 상황과 맥락이 공간에 나름의 정의를 부여할 수도 있다. 공간은 삶 속에서, 시간의 흐름과 함께, 타인과의 관계를 통해, 매번 새롭게 생성되고 또한 고유한 가치를 지니기 때문이다. 가령, 지금 당신이 도시의 야경이 훤히 내려다보이는 어느 카페의 커다란 창가에 누군가와 마주 앉아, 따뜻한 커피를 마시며, 그에 대한 신뢰를 느끼고, 이윽고 당신과 그가 서로 좋아하는 감정을 갖게 되었다고 해보자. 이 경우, 두 사람에게 찾아온 감정의 변화에 모종의 단초를 제공한 것은 둘이 마주하고 있는 공간이라고 할 수 있다. 이는 곧 공간에 의해, 관계가 변화를 겪는다는 사실을 의미하는 동시에, 공간 자체도 비로소 이때, 특수한 의미를 갖게 된다는 것을 뜻한다. 그리고 인간이 공간에 부여한 의미가 구체화되어 나타나는 것을 우리는 흔히 '장소'라고 부른다.

　이순현의 두 번째 시집 『있다는 토끼 흰 토끼』를 읽으며 어쩌면 우리는, 다소 기이하다는 느낌에 사로잡히게 될지도 모르겠다. 이는 시인이 구체적인 '공간'이나 '장소'보다는, 오히려 공간의 추상성에 기댄 '장소 상실'을 자주 시의 모티브로 삼아, 현실에서 무언가를 읽어내고 미지의 목소리를 들으려 시도하기 때문인 것으로 보인다.

여기로 와서 우는 저쪽

아무도 받지 않는다

칼을 물고 잠든 칼집이거나
맨땅에 부어놓은 물이거나
옴짝달싹할 수 없는 감정의 극지

한 사람이 고통받아도
지축은 휘청거린다

덫에 걸린 부위를 물어뜯어서라도
자유가 되고 마는 짐승들의 서식지

여기로 와서
울고 또 울리는 저쪽

경로를 벗어난 시간이
다른 몸을 찾아 배회한다

누구의 고통도
혼자 독점할 수는 없다

저쪽이 와서 우는 여기

흰 국화꽃이 시들고
횡단보도가 새롭게 그어졌다

—「저쪽」전문

 "저쪽"은, 이곳에는 부재하는 공간이다. 또한 "저쪽"은 '이쪽'에서 구체적인 장소를 갖지 못하거나 어떤 형태로든 주어지지 않는다. "저쪽"은 '울음'의 발산지이거나 아득한 기원일 뿐일 것이다. 이런 의미에서 "저쪽"은, 이쪽에서 보자면 오로지 '상실된 장소'로만 기능을 한다. 그러나 이 '상실된 장소'는 "여기로 와서/울고" 무언가를 "또 울리"면서, 이곳의 침묵을 깨고, 새로운 인식을 촉발하거나 성스러움의 그림자를 내려놓기도 한다. "옴짝달싹할 수 없는 감정의 극지"를 '이곳'에서 발현하게 해주는 것은 그러니까 "저쪽"이다. 무슨 말인가? 이곳에는 없는 공간, 이곳에 부재하는 장소가, 이곳에서 "다른 몸을 찾아 배회"하게 만들고, "경로를 벗어난 시간"을 이곳-여기, 그러니까 현실에서 가능한 시간으로 전회거나, 새로 찾아 나서야 하는 주관적인 시간으로 전환해주는 것이다. "횡단보도가 새롭게 그어졌다"는 인식을 현실에서 가능하게 해주는 것은 바로 "울고 또 울리는 저쪽"인 것

이다. '현실-이쪽-여기'는 결국 "저쪽이 와서 우는 여기"인
것이며, 이 "저쪽"의 울음은 현실에서 넘실거리는 죽음의 문
턱이자 그 경계이며, 성스러움이 내려놓은 삶의 그림자인 것
이다. 이렇게 이순현의 시에서 "저쪽"은 지금-여기의 '장소
상실'이자 지금-여기의 '사건'이라고 해야 한다. 이 사건을
우리는 성스러움의 사건이자 파국의 지형이라 부르려고 한
다. 시를 한 편 더 읽어보자.

(…)

슈퍼문이 자라고 있을
까마득한 거기

아이스크림 성화를 들고 아이들이 뛰어가는
할매보쌈집의 흐린 창 밑에
배를 매어두고 들어가면 찾을 수 있을까

저녁에 피어나는 분꽃의 분홍을 타고
좁고 긴 꽃술을 파고들면 별천지인 듯
어리둥절할 거기에 다다를 수 있을까

바다거북 즐겨 노는 잘피숲 너머일까
돼지 당나귀와도 거리낌 없이 뒤섞이는 오지일까

흐린 창 밑에는 물웅덩이가 여럿이다
믿음을 시험하러
성상을 짓밟고 지나가게 하듯
물속의 자신을 뭉개고 가는 바다

슈퍼문은 아직 떠오르지 않는다

어둡고 질척이는 기억을 간직한 채
분꽃들이 오그라들고

살아 있는 사람들을 죄다 걸러내며
엄청난 물이 한쪽으로 빠르게 이동하고 있다

─「슈퍼문」부분

"까마득한 거기"나 "어리둥절할 거기"는 대관절 어디인
가? "거기"는 지리적·사회적으로는 '공간'을 의미하며, 언
어학적으로는 '장소'를 지칭할 것이다. 그렇다면 시에서 이
공간은 어떤 의미를 부여받으며, 현실에서 어떤 장소를 소유
하는 것인가? "까마득한 거기"나 "어리둥절할 거기"의 현실
적 공간으로 시에서 제시된 것은 "바다거북 즐겨 노는 잘피
숲 너머"이며, 장소는 "돼지 당나귀와도 거리낌 없이 뒤섞이
는 오지" 정도라 하겠다. 그런데 이와 같은 현실의 '공간'과

'장소'는 과연 여기의 '공간'이나 이곳의 '장소'가 될 수 있는 가? 이순현의 시는, 유기적인 의미 연관을 풀어헤친 독특한 구성을 통해, 현실의 '장소 없음'이 갖는 바로 '장소성'을 가능한 시적 영역으로 포섭해내면서, 마치 서로가 서로에게 스며드는 사건처럼 성(聖)과 속(俗)의 변증법을 구현해나간다. '장소 없음'의 장소성은 이순현의 시에서 "내 안이면서도/ 안드로메다보다 먼 마을"(『스테이플러를 찾아서』)과 같은 심적 지리를 갖거나 "자정이 매일 부활하는 곳"(『비행의 힘 말고』)처럼 생몰의 반복 속에서 삶의 연속성을 보증하는 주관적인 시적 시간을 빚어낸다는 특성을 지닌다.

'장소 없음'의 장소성은 또한 성스러움의 아우라가 서려 있는 실제의 장소에서도 발현되며, 현실적인 공간의 신성한 특성에 힘입어 시를 독특한 세계로 안내하기도 한다. '공중에 떠 있다'는 의미의 그리스 수도원 '메테오라(Meteora)' 같은 장소가 시인에게 "시간의 뒤편을 파낸 주거지"이자 "사람의 길로 오지 않았을 그 무엇이/ 문을 두드"리는 미지의 발산지이며, "바깥에서 문을 두드"(『메테오라』)리면서 척박한 이곳에 깃든 성스러움의 아우라를 목도할 수 있는 곳으로 나타나는 까닭이 여기에 있다. 성과 속, 이 두 가지 이질적인 요소가 공존하는 장소이거나 서로가 서로에게 침투하는 공간이기 때문이다. 이순현에게 성스러움은 따라서 현실의 구석구석에 벌써 깃들어 있는 것이나 마찬가지라고 할 수 있다. 우리가 목격하지 못한다고, 이와 같은 장소, 이러한 공간이 존재하지 않는 것은 아닌 것이다.

이순현의 시는 이처럼 '장소 없음'의 독창적인 구성을 통해, 성스러움의 발현과 그 순간들을 절묘하게 빚어내면서, 저먼 곳, 저 멀리, 이곳에는 없는 공간과 장소가 여기로 당도하는 순간의 사태에 주목한다. 이 순간은 '성'의 목소리가 삶에서 울려나는 순간이다. 그러나 이 순간은 오로지 '속'을 통해서만, 그러니까 오로지 속세의 침묵을 깨뜨리면서 잠시 모습을 드러내고, 이내 사라질 순간이기도 하다. 방금 순간이라고 했던가? 산술적 계산으로 환원되지 않는, 정지된 순간의 연속을 우리는 시간이라고 부르지 않는다. 누구에게나 흐르는 시간이 누구에게는 그 시간이 아닐 수도 있는 것이다. 차라리 "서로의 사이에 끼우고 있"는 풍경들이 빚어낸 찰나, 그 순간이라고나 할까? 성과 속 각각이 "새로운 언어를 위하여"(「신인新人, 신인 神人」) 현실에서 뜨거운 접점을 만들어내는 이 순간들은, 그의 시 전반에서, 아프게, 자주는 붉게 드러나며, 너무나도 천연하다고 할 형태로 비극을 뿜어내며 '미답'의 현실을 살아내는 데 요청되는 시적 노동을 견인해내는 것일지도 모른다. 그 순간, 이미지는 생생하게 살아나, 순간과 순간을 날것으로 담아내며, 묵시록처럼 활활 타오르고, 장소와 그 경계를 허물어내면서 언어는 제 한계를 극한까지 확장하며 지난한 실험에 전념한다. "일 초 후의 나"와 "일 초 전의 나"

(「미답」)를 하나로 비끄러매며, 시인은 핏빛으로 솟아나는, 그러나 저 유토피아와도 닮아 있을 '섬' 하나를 백지 위의 하얀 물결 위로 힘겹게 끌어오고, 그렇게 지상에 숨겨진 말라버린 "샘"에 성스러움의 물이 들게 하고자 "사람 손 타지 않는 어둠을 골라" 가본 적이 없는 "길"(「공유지」)을 향해 묵묵히 발걸음을 옮긴다.

2. 성과 속의 헤테로토피아

이순현의 시에서 성과 속의 변증법은 내부도 아니고 외부도 아닌 '장소'에서 탄생한다. 일상과 개인의 내면, 다양한 사건들, 과거와 현재의 역사적 경험 등이 복잡하게 상호 작용을 하는 전이나 이탈의 장소, 즉 헤테로토피아(hétérotopia)가 그의 시집 전반을 지배하는 것은 우연이 아니다. 경계를 명확하게 구분 지을 수 없는 '통로'나 '계단', 들어온 곳과 나온 곳을 알 수 없는 미로와 같은 세계(「미궁의 입구」), 호수의 기슭처럼 물과 대지가 접점을 이루는 장소(「화이트노이즈」), 현재라는 시간과 과거 혹은 미래의 경험이 하나로 녹아 있는 장소 등 우리가 흔히 이질적인 요소 둘 이상이 공존하는 곳이라 부르는 헤테로토피아는 이순현의 시에서 가장 자주 부각되는 시적 공간이다.

떠올리면 언제든 어디서든
내 안으로부터 그가 출현합니다
새 장기처럼 피를 끌어들입니다

계단참 위에 그가 앉아 있는 날은
어김없는 목요일
반바지 밖으로 두 다리가 뭉툭했습니다

그에게로 빨려 들어가는 피는
부동액으로 얼지도 마르지도 않고

양면의 메시지가 다른 동전이 떨어지는
콘크리트 바닥
새겨진 새 발자국들이
하늘로 쭈욱 이어집니다

올 때와 갈 때의 중량이 다른 천사처럼
기대어 앉은 공중 난간 뒤로
별들의 숲이 울창하였습니다

그가 보이지 않는 여섯 날도
계단참을 지나갈 때는
모두 목요일입니다

그것을 보증하듯
침을 묻혀가며 둥지를 짓는 문장들
울창한 행간을 열고

잉크 빛을 입은 그가 걸어 나오고 있습니다

―「목요일의 보증인」전문

혜테로토피아는 '그'가 "내 안으로부터" 출현하는 공간
이다. "떠올리면 언제든 어디서든"이라고 했는가? 그러니까
'그'는 편재(遍在)한다. 그는 성스러운 존재이자, 비극적인 현
실, 풀리지 않는 신비로 가득한 세계의 비밀이나 이 세계에
내가 존재하는 이유, 인간과 자연의 이치조차 알고 있는 전능
한 자일 것이다. 성스러움의 현현은, 저곳을 이곳에 불러내거
나, 이곳의 일을 저곳의 말로, 그러니까 '저곳'에 최대한 밀착
된 언어로 치환하며 시도된다. 성스러움이란 오로지 이렇게
해야만 가능한, 그러나 사실, 재현이 불가능한 시도 그 자체
일 것이며, 시의 궁극적인 도달점은 바로 이 불가능성의 가능
성을 타진하거나, 이러한 순간을 포착할 언어를 고안하는 일
에 달려 있는 것일지도 모르겠다. 먼 곳의 빛을 여기의 어느
한 순간에 목도하거나, 폐허와도 같은 세계, 순수한 로고스인
신의 외부, 고통 속의 여기, 저 암흑과도 같은 비극의 한 장면
을 열면서, 그는 저기 먼 곳으로 향해 여기에 나 있는 미지의
길과 그 길의 흔적을 찾아 "침을 묻혀가며 둥지를 짓는 문장
들"을 내내 고심하고 있는 것이다.

우리는 여기서, 접합된 단절이나 분절된 연결인 '계단'이 이종(異種)의 장소라는 점에 주목할 필요가 있다. "계단"은 성과 속이 하나가 될 접점과도 같은 장소, 그러니까 헤테로토피아의 상징인 것이다. 계단은 이처럼, 이동이나 이행을 다각도에서 표상하는 건축물의 일종이지만, 이순현에게는 "하늘로 쭈욱 이어", 그 끝을 열어놓았을 때, 하늘 저 끝에라도 가닿을 수 있는 상징, 즉 성스러움에 다다를 현실의 구멍과도 같은 장치인 것이다. 따라서 '계단'은 '하나님'을 부르는 "엘리 엘리 엘리베이터"(「엘리엘리」)와 마찬가지로, 또한 쪼개져 세계로 흘러넘치는 저 핏빛 덩어리 수박이 그 안에 머금고 있는 태초의 검은 씨앗(「이기적인 수박」)과 마찬가지로, 차라리 그의 시에서는 성스러움으로 향하는 세속의 좁고 가파른 사다리와도 같은 것이라고 해야 할 것이다. 이처럼 "올 때와 갈 때의 중량이 다른 천사"들의 통로가 바로 계단이라면, 시는 "잉크 빛을 입은 그가 걸어 나오"고 있는 순간에 바쳐진 순결한 최후의 말인 것이다. 시는 "누르는 만큼 울컥 밀려 나오는 치약"처럼 "자기의 힘을 다시 받아 쓰는 사람들"의 목청과 "녹이 슨 유물처럼/ 뚜껑을 열 수도 사용할 수도 없는" 장소들에 도달해서 흘러나오는 목소리, "어느 순간이든/ 땅끝으로 가는 빛의 걸음"(「1023」)을 재촉하며 촉발된 말이다. 글을 매듭짓기 전에 다시 설명하겠지만, 시는 그에게 현실에서는 항상 부족한 언어로 표현될 수밖에 없는 부재하는 언어이며, 부재

너머의 '순수 언어'를 회복하려는 시도라고 하겠다.

설탕 빛으로 반짝이는 비행기가
공중에 뜬 백색의 대륙을 날아간다

건널목에 대기 중인 외투 주머니에서
모서리가 닳아가는 봉지 하나

　　White Sugar 5g
　　백색 정제 설탕 5g

하얗게 모래들이 새어나오는 소리
비행기는 설탕 팩보다 작아지다
더 작아지다
아예 녹아 없어진다

　　수습할 수 없는
　　흰 뼛조각들

빌딩 꼭대기의 대형 광고 스크린
생존을 반복하는 코끼리 일가족이
강물 속으로 코를 쑥 밀어 넣는다

폭죽으로 터지는 길 건너 벚꽃들
5g을 넘지 못할 천진난만한 일생들
백색 파편이 공중 살포 된다

신호가 바뀌고
파란 신호등 속에 한 사람이 잠겨 있다

백성들이 적진을 다 빠져나갈 동안
수초에 머리를 묶고서 물속에 잠겨 있던
고대의 한 왕처럼

―「5g의 원근법」 전문

혜테로토피아의 특성을 살린 원근의 조절로 시인은 이질
적인 공간을 성과 속의 사건처럼 점유해낸다. 우리는 "비행
기"와 "설탕"이 느슨하면서도 갑작스럽게 하나로 이어진다
고 느낄지도 모른다. 중요한 것은 이런 연결 방식이 통상 즐
겨 말하는, 이미지의 유비나 이질성의 충돌에 기대어 진행되
지는 않는다는 점이다. 차라리 하늘의 "백색"과 설탕 가루의
"백색", 이 양자가 위치한 공간이나 장소를 좀 더 눈여겨보아
야 할지도 모른다. 이 둘의 접점이 혜테로토피아적 특성에 기
대어 마련되면서 성과 속이 하나로 묶인다. 비행기가 날아가
다가 차츰 사라지는 하얀 하늘은 명백히 '공간'이며, 손으로
만지작거리다가 부스러기가 되어 녹아 없어지는 "외투 주머
니" 역시 '장소'라고 할 수 있다. 이 둘을 하나로 비끄러매며,
"수습할 수 없는/ 흰 뼛조각들"과 "5g을 넘지 못할 천진난만

한 일생들"의 공집합을 발견해내는 저 시적 운용이 눈부시게 빛난다. 이 순간은 "백색 파편이 공중 살포"하는 광경의 현현, 즉 죽음이 시에서 솟구쳐 오르는 순간이다. 이순현의 시에서 공집합의 창출은, 무언가를 없애거나 없어지는 공간과 연관되는 것이 아니라, 서로 포개어진 공간들, 합종된 장소를 들어 올려, '겹'화자의 목소리로, 두꺼운 페이지 위에 끊임없이 죽음과 실존의 구멍을 뚫는 일에 가깝다. 이 구멍, 백지 위의 구멍, 삶의 구멍에 성스러움이 깃들어 있거나 속됨이 거주한다. 이순현의 시에서 자주 목격되는 '들여쓰기'는, 시적 공간으로 '겹'화자를 들여오는 데 기여한다. 시의 중간에 문득 등장하는 들여쓰기는 누군가에게 건네는 이야기 형식을 취하기도 하고, 시점을 달리한 사건을 겹으로 배치하기도 하며, 동시다발적인 공간을 창출하거나 복합적이고 다성적인 목소리를 올려내는 데 소용되기도 한다. 시가 모놀로그의 예술이라는 통념은 여기서 자리를 물린다.

주머니 속의 1회용 설탕, 비행기가 가르는 흰 구름, 빌딩 위의 대형 광고 스크린, 건널목 저편의 벚꽃 나무 한 그루, 누군가가 서려 있는 파란 신호등 등, 시적 공간은 다양한 장소들이 성과 속의 '절합(絶合)'을 이루어내면서, 헤테로토피아의 시학을 구현하는 데 동참한다, 모든 것이 마치 장소와 공간의 기이한 사건처럼, 성과 속의 기묘한 아우라를 체험하는 사건처럼, 일시에 뿜어 나오는 예언자의 목소리처럼, 시에서 핏빛으로 울려 퍼진다. 그러나 이 헤테로토피아의 시학에 '서사'가 누락되어 있다고 생각하면 곤란하다. 이순현의 시에서 서사는 거개가 성과 속의 원근법이 파생시킨 이야기를 골자로 삼으며, 평범한 장소들의 밖에서 구동된다. "고대의 한 왕"의 이야기처럼, 그의 시에는 희생을 통해, 죽음을 통해, 우리 삶의 문을 열어준 자의 목소리가 걸어 들어온다. 지금부터 이 '이야기' 속으로 잠시 들어가보자.

3. 바벨 이후의 언어

> 신의 초월성은 무너졌다. 그러나 신은
> 죽은 것이 아니라 인간의 운명 속에 편입되었다.
> — 발터 벤야민, 「종교로서의 자본주의」

온 세상의 언어가 단 하나였던 시절이었다. 사람들은 거처를 옮기려 길을 떠났고 어느 평지에 도착하여 제 살 곳을 마련하려 부지런히 벽돌을 굽기 시작했다. 자르기 어려운 딱딱한 돌 대신 벽돌로, 진흙 대신 찐득한 역청을 발라 단단한 집과 군건한 성을 만들었다. 그들은 성 한가운데에서 탑을 쌓았으며, 그 탑 꼭대기를 하늘에 닿게 하려고도 했다. 과연 이 탑을 보려고 신께서 하늘에서 내려왔다. 신이 보기에 하나의 족

속인 이들이 하나의 언어를 사용해서 이런 일을 할 수 있었으며, 그대로 놔두면 이후, 이들이 하고자 하는 일들을 더는 막을 수 없을 것만 같았다. 신은 이들을 사방 천지에 뿔뿔이 흩어놓았는데, 이들의 언어를 혼잡하게 해서 서로 말을 알아듣지 못하게 하려 함이었다. 신이 이 무리를 흩어놓으니, 과연 하늘을 향해 탑을 건설하는 일도 중단되었다. 이 탑의 이름은 바벨이었다. 신이 흩어놓은 저 세상마다 제 각각의 언어가 생겨났다. 이후 사람들은 서로가 하는 말을 알아듣지 못했다.

구약의 창세기에 나오는 이 일화는 '대홍수'와 같이 신이 내리는 '성스러운 폭력'을 모면할 수 있다고 믿는 인간의 어리석음을 경계한다고 알려져 있다. 탑을 쌓아 올려 신의 분노를 모면하려는 인간의 욕망이나 신의 영역, 그러니까 저 하늘에 가 닿을 수 있다는 교만은 인간에게는 면하기 어려운 죄였다. 이야기는 또한 '바벨 이후', 다시 되돌아갈 수 없는 언어적 상황도 말해준다. 혼란 없는 저 '순수 언어'를 인간은 다시 회복할 수 없게 되었으며, 이는 번역이 불가피해진 역사적 사연을 설명해준다. 이야기는 또한 이주한 자들의 운명이나 추방된 자들의 고통과 방황, 그 과정에서 겪게 될 고난과 시련에 관해서도 말한다. 신의 공간이자 신의 내부에 속했기에 완벽했던 저 낙원에서 추방당한 이후, 인간은 결코 완벽할 수 없는 결핍된 공간에 제 몸을 의지하거나, 폐허와도 같은 장소들을 전전하고, 불안과 공포로 가득한 세계의 이곳저곳을 떠

돌아다니며 비극의 당사자가 되어 구원을 기다릴 수밖에 없는 운명에 처했다는 사실을 은유한다. 이순현의 시는 현실의 공간에서 이 이야기의 암묵과 계시를 독특한 방식으로 전유해낸다.

지우야 이모야 이모
이모 불러봐 이모

(…)

한 방향으로 앉아 있는 승객들
같은 깊이로 숨이 차지는 않을 거야
스쳐가는 거리에는 언어에서 태어나지 않은 것이 없고

지우야 네 네
잘했어요 참 잘했어요

언어가 불어나면 지구 온난화도 빨라지겠지
지우 이모 옆에 앉은 아이는 양손으로 이어폰을 누르고
북극 바다의 일각고래가 언 수평선을 뚫고
참았던 숨을 뱉어낸다

(…)
문자로 옮겨 앉은 지우를 태우고
달려가는 종착지는

모두의 정중앙

의미를 잃은 기호들이 기다리고 있을 거야
거인처럼 백미러 견장을 번쩍거리며

지우 이모가 창에 기댄다
창 저편의 그녀도 문장처럼 조용하다

―「지우도 없이」 부분

바벨은 '혼란'이라는 의미를 지닌다. 바벨 이전의 언어는
혼란이 없는 언어, 즉 '순수 언어'이자, 지금의 현실에는 존재
하지 않는 '보편 언어'였다. 그것은 대문자로 표기되는 '말
씀(Verbe)', 즉 자체로 진리이자 가장 순결한 말이기도 할 것
이다. 순수 언어를 상실한 자의 입에서 흘러나오는 말은 항
상 결핍된 언어, 오염된 발화일 수밖에 없다. 우리가 사용하
는 언어는 시인에게는 이러한 인식 속에 놓인다. 그것은 '혼
란을 가중시키는 언어'("언어가 불어나면 지구 온난화도 빨라지겠
지")이며, 그럼에도 불구하고 우리의 삶을 담아내고 이 세계
의 정보를 전달해줄 유일한 수단("스쳐가는 거리에는 언어에서
태어나지 않은 것이 없고")이다. 시인은 성스러움을 그대로 전사
(傳寫)할 충만한 언어가 부재하는 세계에 살고 있다는 자각을

자주 시적 비유를 통해 표현해낸다. 그러나 그가 순수 언어의 회복을 단념하는 것은 아니다. 그는 "더듬더듬 적고 난 뒤 다시 잠든 사이/열린 펜의 꿈"(「테이블 위에」)을 실현하는 일에서 시의 순결성, 시적 언어의 구원성을 희원하는 것으로 보인다. 온갖 소음과 우울한 소식, 아우성과 함성으로 뒤발한 이세계, 지금-여기의 척박한 공간에서 펼쳐지는 번잡하고 잡스런 언어의 전시장에서 시인은 "백지를 꺼내들고 조용히 소리 지른" 이후의 말을 고안하여 '이후'에 가능할 순수한 언어를 흔적처럼 내려놓을 수 있다고 믿는다.

그에게 순수 언어의 실현이란 곧 시, 오로지 시라는 형태의 언어, 혹은 시적 순간의 발현일 것이다. 그러니까 시인은 '순수 언어'의 고안을 위해서, 저 혼효한 현실의 말들을 모두 '지우려' 하는 것이며, 삶에서 지울 수 있는 순간들을 집요하게 포착해내려 주위를 찬찬히 뜯어본다. 시인이 성스러움의 순간들로 일상의 한복판에 커다란 구멍을 내는 것은 바로 이 순간이다. 순수 언어의 회복을 통한 유토피아의 열망은, 불가능성의 가능성을 타진하는 일, 그러니까 시의 미래이자, 시의 기원, 시의 진리를 구현하는 일과도 맞닿아 있다. 그렇다면 시인에게 순수 언어는 어떻게 표상되는가? 순수 언어는 소통을 도모한다고 우리가 헛되이 부리던 저 "의미를 잃은 기호들"을 벗어나거나 통념을 지운 상태의 언어다. 그것은 바로, "문자로 옮겨 앉은 지우를 태우고" 삶의 종착지에 도착한 후, 혼란

스런 현실에서의 문자를 지워낸 상태에서만 가능한 언어, 즉 죽음 이후에 구현될 미지의 언어, 그러니까 바벨이 붕괴되기 이전의 언어일 것이다. 시는 세속의 시간을 삼키고 세속적 소통 체계를 무너뜨릴 때, 바로 그 순간에서 발생하는 사태를 그러모은 순수하고 순결한 기록이며, 그럴 때 시적 특성을 회복하는 것이다. 바벨이 무너진 이후의 언어, 방언들에 가까운 언어를 '지워내는 자'가 바로 시인이라는 말일까. 시인은 성스러운 행위자인 속세의 인간, 즉 "지우 이모"이며, 창가에 기대어 저 너머 죽음 이후의 문장이나 죽은 자의 침묵과도 같은 언어("창 저편의 그녀도 문장처럼 조용하다")를 체현하는 자라고 그는 믿는다. 현실에서 성스러운 순간들의 도래는 결국 성스러운 언어의 회복을 통해서만 가능할 세속의 사건인 것이다.

따뜻하게 데워진 우유
심장의 온기가 아니다

석순처럼 바닥에 딱 붙어 서서
한 걸음도 떼지 못한다

ㅜㅜ,
다리가 하나 모자란다

─「우유」부분

빗소리 장막에 가려진
나지막한 목소리 하나

어디서 오는 걸까
천둥소리도 물결 소리도 아닌 그것

비의 첫 줄부터
마지막 행간까지
뒤엉키지 않는다

추적해 들어가면
살을 다 뜯어 먹힌 꼭지들이
아무렇게나 나뒹굴고 있을 텐데

악마도 섣불리 거래를 않는다는
이면에서 다가오는 목소리

밑밥이 될 수 있을까

—「밑밥」부분

사물의 모자람은 시인에게는 곧 언어의 모자람이다. 언어
는 기호의 불완전성*에 기대어 잠시 '있다'는 사실을 고지할

---

* 기호는 항상 자의적이다. 하나의 기호가 하나의 뜻에 일치하는 경우는 없다. 어떤 기호의 값
은 그 기호 자체가 아니라, 그 기호를 둘러싼 나머지 기호들에 의해, 그 기호 밖에 위치한 다
른 기호들에 의해 결정되기 때문이다.

뿐, 사물의 존재를 오롯이 담아내지 못한다. 언어는 너무나도 불안정해서 사물의 '있음'을 확정 짓지 못하는 것이다. 그러니까 사물이나 존재 자체인 언어, 발화가 곧 진리가 되는 말은 없는 것일까? 소통이 즉각적으로 이루어지는 언어, 단일한 의미를 갖는 언어, 어떤 오해도 불러일으키지 않는 언어, 진리의 언어, 즉 '아담의 언어'는 현실에는 존재하지 않으며, 시인은 이 태초의 언어, 순수 언어가 상실된 세계를 우리가 살아가고 있음을 부정하지 않는다. 상실한 언어로만 재현되는 이 불안정한 세계의 한복판에서 "선도 악도 들어갈 수 없는 수중으로/ 바람이 흩어지며 배어들 때 / 먹구름을 박차고 꽃대가 솟구"(「말문을 뚫고」)치는 저 시적 현현의 순간은 과연 찾아올 것인가?

이순현의 시는, 순수 언어가 상실되었다고 믿는 자가, 척박하고 불완전한 이 비극의 세계에서 쏘아 올린 열망의 언어이며, 저 너머에서 울려 나오는 태고의 "나지막한 목소리 하나"에 사활을 거는 순간들의 주시이자 현현이다. 그에게 시는 종말이나 파국 이후의 언어, 그러니까 원죄를 사하는 사건 이후에야 가능할 언어적 실현이다. 순수 언어는 "악마도 섣불리 거래를 않는다는/이면에서 다가오는 목소리"일 것이며, 역사가 종말을 고하는 바로 그 순간, 세상 모든 사람들의 입에서 흘러나올 언어, "첫 줄부터 마지막 행간까지" 결코 "뒤엉키지 않는" 일목요연하고 순결하며 또한 명징한 말인 것이다.

4. 파국과 구원의 지형학

그의 시에서 저곳은 이곳에 부재하며, 이곳은 저곳의 실루엣도 아니다. 저곳은 내면도 아니고, 바깥도 아니다. 이곳은 지척 간도 아니며, 그러나 삶에서 멀찌감치 떨어져 있다고 단언할 수도 없다. 이순현의 시에는 바로 이 헤테로토피아의 지형 위를 한없이 떠돌아다니며 안주하지 못하는 사람들이 바글거린다.

탈출하지 않았다면
어디를 지나가고 있을까
뜨거운 피 흐르는 대지
살갗 안쪽에는 길 없는 고요로 충만하다

북적거리는 피부과 대기실

　엄마, 아래에 뭐가 생겨서 지금 피부과에 와 있어요
　이번 주는 엄마한테 못 갈 것 같아요

헐렁한 반바지 속을 긁고 있는
두툼하고 우람한 남자도
바탕은 붉은 고요이다

엄마를 뚫고 나온 이들은 모두 밀항자들
한때는 고요의 지극한 주민이었던 그들

엄마, 엄마,
거미줄에 나쁜 사람들이 걸리게 했으면 좋겠어요

─「기항지」 부분

볼펜심 끝까지 잉크가 당도해 있듯
언제 어디서든 흘러나오는 죽음

(⋯)

전신주에 묶인 강아지도
의자에 올라 시곗바늘을 돌리는 남자도
부르면 젖은 눈으로 뒤돌아보는

삶에게 명중당한 자들
저도 모르게 끌려온 자들

─「메아리들의 행진」 부분

"한때는 고요의 지극한 주민들이었던" 사람들이, 마치 바
벨 이후 세계 곳곳에 흩어져 떠돌아다니듯 "밀항자들"이 되
어 살아가는 모습을 시인은 지금-여기에서 울리는 저기-너
머의 복화술처럼 담아내며, "볼펜심 끝까지 잉크가 당도해

있듯/언제 어디서든 흘러나오는 죽음"의 소리를 듣는다. 시인은 이종 공간의 경계만 주목하는 것은 아니다. 그는 이유를 모른 채 어딘가를 떠나온 자들이나 유배된 듯 이곳에서 제 삶을 살아가는 사람들, 처형을 언도받은 자들처럼 제 삶의 고비마다 비극적인 운명을 짊어진 사람들을 그려나간다. 그러나 시인은 이러한 사태의 모순을 고발하거나 부당한 삶을 비판하지 않는다. 또한 선의를 통해 진행되고 있는 자그마한 변화들을 그가 지지하는 것도 아니며, 헛된 희망이나 약속을 가장한 실질적인 차별과 교묘한 폭력에 대한 비판을 고발하고자 지그시 힘주어 제 어금니를 깨무는 것도 아니다.

시인은 다만, 일상의 "굳게 닫힌 시간의 틈바구니"가 열리는 순간을 기다리고, 모든 것을 "기어코 비집고 나오려는 의심"(「수난곡」)의 시선으로 이 순간을 탐구한다. 그렇게 그는 반짝이며 솟아나는 경악과 놀람, 충격과 경이, 분노와 애도의 순간, "반감기가 한 번도 없었"을 "지금의 지극함"(「반감기」)을 시에서 포착하려 시도하는 것이다. 따라서 시인은 차라리 성스러움과 속됨이 포개어지는 순간, 이 순간들이 작렬하며 솟구쳐 오르는 범속하고도 성스러운 불꽃의 아이러니를 기록하고 있다고 하겠다. 그의 시는 이렇게 "저도 모르게 끌려온 자들", "혼자일 때도 여럿일 때도/벚꽃잎처럼 흔들리는 우리들"(「메아리들의 행진」), 방황 속에서 시련을 겪고 있는 자들의 어깨를 다독이며, 현실에서 가능하지 않을 저 출애굽의

꿈을 실현하려는 자가 토해낸 시련의 기록과도 닮아 있다.

> 어느 순간이든
> 땅끝으로 가는 빛의 걸음이 있다
>
> 걸음걸음 검게 그어지는 국경에도
> 종말이 도사리고 있다
>
> —「1023」부분

"자기로부터 자기에게 고통을 주고받는 종족"인 우리들은 "측은한 불가사의"(「모래여자」)이며, 그런 우리를 향해 "그녀"가 오고 있다는 것은 시에서 그가 메시아의 도래와 그 전조로 읽어내면서 "야생의 창세기로 귀환"(「광장」)을 꿈꾸며 지금-여기의 삶을 겪어내고 있다는 것을 의미한다. 이러한 삶은 과연 어떨 것인가. 세상을 오염시킨 모든 발화들을 불러낸 최초의 언어를 회복하려는 몸짓과 떠도는 자들의 균열을 봉합해낼 순결한 사태들을 빚어내려는 시도는 과연 무엇인가? 저기-너머의 시간을 지금-여기로 고지하는 최후의 순간에 대한 주시, 혹은 발견이다. 시인은 이렇게, 타락한 지상 위로, 파국의 지형학을 그려내고, 순수한 로고스 자체인 신의 목소리

의 현현을 일상의 사태들로 담아내면서, 추방되기 이전 세계
로의 회귀를 실현하고자 한다.

불을 붙이려다
내리 꺼뜨린 손이 다시 불을 켠다

대성당 입구

가까스로 도착한 불꽃 하나
둥글게 감싸는 손 안에서
순식간에 내부로 번져간다

동공까지 화염이 일렁이는
소각로
살 타는 냄새가 바깥에서도 매캐하다

―「수난곡」부분

기도
흉곽의 밑변에서 죄를 찾는 사람들
거두어 모은 그것들을
피라미드 안벽에다 새겨 넣는 사람들
메시아를 불러놓고도 알아보지 못하는 사람들
좌우의 지문을 맞붙이고 지옥문을 연다

끝집
나무들은 더 나은 삶을 어떻게 찾아가는가
막다른 가지 끝
기도 말고는 아무것도 하지 않는 침묵들이 모여 산다
매일 오는 태양이 몸을 얹으려다
빈손으로 끌려 나간다 길 끊어진 거기

―「습득물」부분

　파국의 목소리가 흘러나온다. 실패하고 마는 생은 차라리
기원을 적시하려는 순수 언어의 회복을 통해서만 "길 끊어진
거기" 저 너머로 향할 수 있는 것일까? 그는 성스러움의 문
을 열어 "메시아를 불러놓고도 알아보지 못하는 사람들"의
신음과 비극에서 파국의 전조를 부여잡는다. 모든 것을 태워
버려야 한다. 더 나은 삶을 위해, 모든 것이 수난 속에서 불타
고 있다. "피에타 한 폭"(「새벽의 근황」)처럼 펼쳐지고 다시 사
라지는 순간들로 일상을 재건한 시, "모래알과 모래알 사이/
측량할 수 없는 틈을 숭배하고 있을"(「믿음」) 모든 존재들에
게 바쳐진 시, "들어온 길로는 나갈 수 없다"고 수난의 정념
을 삶의 구석구석에 흩뿌리는 시, 그렇게 "나는 어떻게/ 나에
게 도착하는가"(「달의 연못」)를 끊임없이 묻는 시를 우리는 읽
었다고 해야 한다. 시계추에 무거운 추를 매단 듯, 자주 정지

하는 저 파국의 순간들, 장소를 찾지 못하고 빈번히 뒤섞이며 성과 속이 교차하는 낯선 공간들, 복합적인 목소리의 울림에 제 몸을 의탁하며 자아를 어디론가 숨겨놓은 시를 우리는 만난다. 문장의 행렬을 부지런히 쫓아도 이미지는 명료하게 피어오르지 않는다. 유기적인 구성과 가지런한 의미의 지반이 허물어진 폐허 위에서 시인은 언어 자체를 다시 쌓아 올리려 하기 때문이다. 시인은 이 세계와 삶에서, 수없이 빚어지고 있는 미답의 물음들을 독특한 언어를 통해 집요하게 비끄러매면서, 오히려 현실에 자주 구멍을 낸다. 이 구멍은 그러나 검다고만 할 수는 없다. 당신은 어쩌면 하얀 구멍, 그러니까 빛이 서려 있는 얼룩 같은 것, 그러나 이내 사라질 신기루가 솟아오르는 순간을 간간히 목도하게 될지도 모른다. 우리는 이 순간, 이 순간의 이미지를 성스러움의 순간, 성스러움의 이미지, 그것의 발현이라고 해도 좋겠다. 검은 폐허 위에서 가장 순수한 말을 내려놓을 용기를 취하기 위해, 시인은 피의 변주로 이 삶의 등고선을 얼마나 넘어야 한다고 여겼을까.

잃을 게 아무것도 없는 순간들이
물 마른 분수의 동전처럼 나뒹굴고

매 순간 불어오는 희망 가득한 미래는
희망을 꺼내지 못한 채 뒤로 더 뒤로 밀려난다

어디다 세울 수 있을까
피의 변주로 등고선이 채워지는
은폐되어 화창하고 오래될 나라

—「기호 없는 지도」 부분

　참된 본질로의 복귀는 가능할 것인가? 시는 잃어버린 본래
의 언어, 순수 언어, 최초의 언어, 바벨이 붕괴되기 이전의 언
어를 되살려낼 수 있을까? 태초의 언어를 구사하는 인간의
언어는 없거나 부재한다. 순수 언어는 무너져 내리면서 기원
을 상실하였으며, 지금-여기에서는 존재할 수 없기 때문이
다. 그러나 이 순수 언어는 감각에 눈멀어 진리를 멀리하고,
욕망을 채우기에 급급한 생명들과 존재를 통념에게 위탁한
사물들이 이 세계에서 살아가는 파편적이고 고통스런 모습
속에서 살아갈 성스러움으로 흔적을 남긴다. 잃어버린 시간
을 회복하고, 참된 본질을 복원하고, 순수 언어를 구사할 수
있는 세계가 열리려면, 모든 언어와 모든 사물과 모든 생명의
종말 이후, 즉 완벽한 죽음 이후, 그러니까 '성스러운 폭력'과
같은 대사건을 겪은 후에나 가능한 것은 아닐까? 그렇다. 시
는 파국과 종말을 겪어내는 사건인 것이다. 파국을 몰고 올
순수 언어의 회복, 헤테로토피아를 통한 성스러움의 복원, 고
난을 통해 기원으로 향하려 열망과 좌절을 시적 사건으로 승

화한 시집을 우리는 마주하고 있는 것인지도 모른다. 시를 물들이는 저 빛과 어둠의 문법, 시작과 종말의 서사는 신학에 어깨 하나를 내주는 일과도 닮아 있지만, 그럼에도 시인이 신앙과 쉽게 타협하는 길을 걷는다고 생각하면 오산이다. 어쩌면 이러한 사실이 가장 중요할지도 모르겠다. 운명을 통제할 수 없는데, 내 앞에 떨어진 우연의 폭격들을 우리는 어떻게 축복으로 받아들일 수 있을까? 내가 생각하지 않는 곳에 존재하는 나를 대관절 무엇이라 부를까? 순간에 빛을 뿜고 사라지며, "피의 변주로 등고선이 채워지는" 절명의 매 순간을 일상에서 뿜어내는 숨결로 그는, 시를 통해, "은폐되어 화창하고 오래될 나라"에 당도할 수 있을까? 이순현의 시는, 모든 것이 완벽했던 저 신의 영역에서 추방된 인간의 운명에 바쳐진 애도가 아니다. 오히려 그의 시는 일상과 삶, 현실의 틈을 열고 성스러움과 속됨이라는 사유의 재료들을 뒤진 후, 피를 뒤집어쓴 채 살아가는 자들의 시련과 고난을, 파국의 사건으로, 파멸의 목소리를 통해 복원하려는 일이라고 부를 수 있을 것이다.

문예중앙시선 54

있다는 토끼 흰 토끼

초판 1쇄 발행 l 2018년 1월 22일

지은이 l 이순현
발행인 l 이상언
제작총괄 l 이정아
편집 l 송승언
디자인총괄 l 이선정
디자인 l 김진혜

발행처 l 중앙일보플러스(주)
주소 l (04517) 서울시 중구 통일로 92 에이스타워 4층
등록 l 2008년 1월 25일 제2014-000178호
판매 l 1588 0950
제작 l 02 6416 3933
홈페이지 l www.joongangbooks.co.kr
페이스북 l www.facebook.com/hellojbooks

ISBN 978-89-278-0916-6 03810

문예중앙은 중앙일보플러스(주)의 문학 단행본 브랜드입니다.

문예중앙시선 목록